AF290605

Karin Welters

Die Schuldige

WIDMUNG

Dieses Buch widme ich allen Frauen auf der Welt.

Mögen sie ihre Stärke des Mitgefühls, ihre Macht der Liebe, ihr wahres, friedvolles Selbst entdecken und ihr eigenes, realistisches Selbstbild erschaffen.

Mögen sie eine starke Gemeinschaft bilden und die Welt zum Besseren verändern.

Die Welt der Frauen möge in der
WOW – Bewegung (WOW = world-of-women)
bezeugen, dass nur der weibliche Weg das friedliche, respektvolle und versöhnliche Miteinander ermöglicht.

Karin Welters

Die Schuldige

(SHE is guilty)

Roman

Lit*Art*-World

Die Deutsche Bibliothek – CIP-Einheitsaufnahme

Welters, Karin

Die Schuldige

Mönchengladbach: Lit*Art*-World, 2019
ISBN-13: 978-3-948078-22-5

Impressum

Cover Layout © Karin Welters
Foto © 123RF Aigars Reinholds
Die Schuldige © Karin Welters
Published by Lit*Art*-World © 2019
ISBN-13: 978-3-948078-22-5

Kapitel 1

Wie eine uralte, erschöpfte Schildkröte krieche ich aus der Schwärze des Nichts.

Wo bin ich?, wispert irgendetwas in mir.

Sofort spüre ich meinen unbeugsamen Widerstand.

Nein! Das will ich gar nicht wissen!

Nein! Ich will nicht aufwachen!

Zurück!

Zurück!… BITTE!

Ich spüre mein inneres Flehen; mein Betteln. Liebes, liebes Nichts. Nimm mich wieder auf. Bei dir ist es so geborgen; so schön warm. Bitte, bitte… nimm mich wieder in deine Arme. Trage mich zurück in das unermessliche, unergründliche, unendliche Nirwana. Dahin, wo sich alles in der Leichtigkeit der Leere auflöst.

Aaaah!

…

…

Wo bin ich?, frage ich mich erneut.

Diesmal wagt sich dieses gepanzerte Urviech ein winziges Stück weiter in den Bereich zwischen Tag und Traum und ich bemühe mich redlich, die Augen zu öffnen.

Doch meine Lider sind tonnenschwer und leisten einen enormen, mir unbegreiflichen Widerstand. Sie gehorchen mir nicht.

Das Rauschen in meinen Ohren dringt wie aus einer anderen Sphäre zu mir. Zunächst wie ein Säuseln, wie ein flüchtiger Windhauch. Doch… unaufhörlich und gnadenlos schwillt das Rauschen an und mündet in ein brutales Folterinstrument, das alle anderen Sinneswahrnehmungen zu ersticken droht. Eine ganze Horde von randalierenden, aufgepeitschten Vandalen ballert mit gigantischen Presslufthämmern gegen mein inneres Schädeldach.

Die Schildkröte setzt zum Rückzug an.

Nein!

Bleib hier!

Sie gehorcht mir nicht.

An einer unsichtbaren Schnur, die mich fest umschlungen hält, zieht sie mich mit sich in die Unterwelt. In das Land der Schwerelosigkeit, das sich der Erinnerung entzieht.

Oh, jaaa!

…

…

Wo bin ich? Hört das nie auf?

Die Kröte kriecht heran.

Sie steckt den Kopf aus den Tiefen des verhüllten Ur-Ozeans, schnappt nach Luft… und verschwindet.

…

…

Ich weiß nicht, wie oft dieses Pendeln zwischen Auftauchen und Davonschleichen in meinem Gemüt wabert; wie Gezeiten eines Wackelpuddings; wie Riesenwellen eines unaufhaltsam heranrollenden Tsunamis, die an den Strand meines Bewusstseins gespült werden und sich wieder in den Tiefen der Unendlichkeit verlieren.

…

…

Irgendwann verlangsamt sich der Rhythmus der Tiden. Ich spüre die kühle Nachtluft auf meinem Gesicht. Wie eine zärtliche Brise streichelt sie meine Haut und der Takt meines Herzschlags flüstert: *Wo bin ich? –* babamm… *Wo bin ich? –* babamm… *Wo bin ich?*

Die gewaltigen Strömungen machen mit mir, was sie wollen. Machtlos bin ich ihnen ausgeliefert. Ein Grummeln aus Unmut, Unwillen und Verdruss taucht auf. Aus dem Grummeln wird ein Beben; meine Gefühle schwellen an, bis sie als Zorn, Wut und Ärger über mich hereinbrechen.

Sie wollen mich verschlingen!

Ich zwinge mich zur Ruhe, was mir, mitten im Hurrikan dieser Gefühle, wie eine unlösbare Mammutaufgabe erscheint. Nur mit größter Anstrengung gelingt es mir, meine Augenlider zu öffnen. Bleiern schließen sie sich wieder... wie von Geisterhand gesteuert.

Ich muss mich unbedingt konzentrieren!

Nach ungezählten Versuchen gelingt es mir.

Schwärze...

Totale, vollkommene, ungeteilte Schwärze.

Verflixt nochmal! Wo bin ich?

Und wieso kann ich mich nicht bewegen? Wo ist mein Körper? Ich spüre ihn nicht.

Bin ich... tot?

Mausetot?

Mit noch größerer Anstrengung und äußerster Willenskraft halte ich meine Augen geöffnet. Doch... je mehr ich mich bemühe, zu sehen, desto mehr packt mich das Entsetzen; zieht mich erbarmungslos in den Strudel der Panik; droht, mich zu vertilgen.

Schwärze!

Überall Schwärze!

Bin ich blind geworden?

Ich sehe nichts. Gar nichts mehr.

Ist das so, wenn man tot ist?

Wieso?

Wieso?!

Entspanne dich, drängelt es leise am Tumult der Pressluft-hämmer vorbei.

Jetzt höre ich schon fremde Stimmen in meinem Kopf.
Herr im Himmel! Was passiert hier?

Entspanne dich!

Die Stimme wird klarer. Sie ist weich und sehr… beruhigend.

Hör auf, dich zu wehren.

Und wie eine selbständig laufende Maschine, reagiere ich vollautomatisch. Ich spüre, wie sich die Panik tatsächlich zurückzieht. Ganz ohne mein Zutun. Mein inneres Chaos weicht einem ruhigeren Fahrwasser.

So ist gut, vernehme ich und habe den Eindruck, dass das Wesen hinter der Stimme lächelt.

Knalle ich jetzt vollends durch? Eine innere Stimme, die lächelt? Ein Wesen? *Ein Wesen?*
Was für ein verrückter Gedanke!
Und als hätte ich noch nicht genug mit dieser… dieser, na ja, dieser… ja, was eigentlich? – schreit es wieder in mir auf: *Wo*

bin ich? Ich brülle so laut ich kann. Man muss mich jetzt am äußersten Rand des Universums hören. Habe ich tatsächlich gebrüllt? Oder vielleicht nur *gedacht*, dass ich brülle?

Aber… wie kann jemand brüllen, der gar keinen Körper mehr hat? *Womit* sollte der brüllen?

Ich lausche.

In meinem Gemüt regt sich etwas. Irgendetwas, wie eine Gewitterwolke, steigt in mir hoch. Was, um Himmels willen, ist das?

Das fühlt sich an wie ein… wie eine überdimensionale, erwachende, sich reckende Python. Ein… Gebilde, als würde sich etwas bisher Unbekanntes, Namenloses, Unentdecktes aus seinem unterirdischen Verlies befreien. Eine rätselhafte Kraft drängt unaufhaltsam aus meinem tiefsten Inneren an die Oberfläche meines Gemüts. Eine Kraft, der sich niemand entgegenstellen kann.

Mein Gott!

Was ist das?

Wie ein Echo aus unendlicher Ferne höre ich…

Macht!

Macht?

Oh, mein Gott! Was für eine Macht?

Die Macht der Frau.

Ich kann kaum noch denken. WAS für ein Gefühl! WAS für eine Energie!

Die soll die Macht der Frau sein?

Ich verstehe nur Bahnhof. Meine Güte, wie soll ich das verstehen? Irgendwie kriege ich das nicht gebacken. Was ist das nur für eine >Macht der Frau<?

Na, die einzige Macht, die es gibt!

Dieses Gefühl, diese Kraft ist überwältigend. Mir wird schwindlig. Meine Gedanken überschlagen sich, fliegen Loopings. Du meine Güte! Ich glaube, mir geht gleich wieder die Lampe aus.

Neiiiin!

Reiß dich zusammen, Eva Creutz!

Noch einmal versuche ich mit aller Kraft des Willens, mich zu konzentrieren.

Ich weiß nicht, wo ich bin. Ich spüre meinen Körper nicht. Um mich herum ist unendliche Schwärze und ich höre eine Stimme im Kopf, die von Macht redet.

Und das soll ich verstehen?, blitzt der Gedanke in mir auf. Nein! Ich kann nur durchgeknallt sein.

Verzweifelt suche ich nach einer vernünftigen Erklärung.

Doch ich greife ins Leere.

Die Verzweiflung verstärkt sich; nähert sich einer überdimensionalen Panik, die meine Denkfähigkeit vollständig außer Kraft setzen will.

PANIK!

So sehr ich auch suche... ich finde keine Argumente, die auch nur annähernd einen Sinn ergeben.

HIIILFE!

Hey! Alles wird gut! Beruhige dich.

Hör auf, verstehen zu wollen. Dazu ist der Intellekt nicht fähig... und auch nicht erschaffen worden. Es geht jetzt nicht um dein intellektuelles Verstehen, sondern um echte Erkenntnis, um das Begreifen! Um deine wahren Gefühle!

Himmelherrgott! Wovon redet diese Stimme?

Ich muss Halluzinationen haben. Dabei habe ich seit ewigen Zeiten nichts mehr geraucht. Und diese hellblauen Pillen... habe ich vor... mindestens zwanzig Jahren nur ein einziges Mal ausprobiert.

Willst du wirklich wissen, was hier mit dir passiert?

Und ob!

Dann schalte Deinen Intellekt herunter. Beruhige dich und geh tiefer! Höre! Höre die Stimme, die du im Alltag nicht zu Wort kommen lässt. Höre MICH!

Dich? Wer bist du?

Meinen Intellekt... herunterschalten? Pah! Und womit, bitte schön, soll ich dann verstehen, was hier abgeht?

Was hier gerade >abgeht<, kann dein Intellekt sowieso nicht erfassen. Also... versuche es nicht weiter.

Kennst du den Unterschied zwischen ,verstehen' und ,begreifen'?

In meinem Kopf geht es jetzt richtig chaotisch zu. Verstehen? Begreifen? Worin besteht der Unterschied? Nein. Ich raffe gar nichts mehr! Was soll das? Ich habe gerade ein paar andere Probleme – mein Körper ist weg!

Die Stimme kichert!

Sie lacht mich aus!

Das ist doch die Höhe!

Ich möchte aufspringen und meiner Empörung Ausdruck verleihen; mit dem Fuß aufstampfen, die Arme in die Seite stemmen. Meine Meinung herausschreien!

Aber…

Nichts!

Absolut nichts!

Mein Körper ist weg! Ich spüre ihn nicht.

Aber es brodelt in mir – und zwar unerträglich!

Hallo, Eva! Konzentriere dich auf meine Stimme. Streng dich an! Richte deine ganze Aufmerksamkeit jetzt auf meine Stimme.

Wieder vernehme ich ein Kichern.

Je eher du deinen Widerstand aufgibst, desto schneller begreifst du, was mit dir hier gerade passiert.

Wo, du Schlaumeier, leiste ich Widerstand? Wo siehst du, wie ich die Arme hochreiße – zu meinem Schutz? Wo gehe ich gekrümmt in Deckung? Hallo? Ich kann nicht einmal meine Arme bewegen, geschweige denn weglaufen. Habe ich überhaupt noch einen Körper?

Dein Widerstand – wie <u>jeder</u> menschliche Widerstand – findet im Inneren statt; in deinem Kopf.

Na, das ist wohl derzeit mein kleinstes Problem. Sag mir lieber, wieso ich mich nicht mehr rühren kann. Weshalb der Totalausfall meines Körpers? Was ist hier los?

Statt eine Erklärung von dieser Stimme zu bekommen, überschwemmen mich abrupt, ohne Vorwarnung, die Bilder meiner Erinnerung.

Oh, Gott!
Mein Verstand droht, auszusetzen. Da winkt sie wieder! Diese unheimliche Schwärze!
NEEIIIIIN!

Ja, der Mechanismus, dich vor der grauenhaften, unmenschlichen und brutalen Erinnerung zu schützen, liegt eben <u>nicht</u> im Intellekt, sondern im Gefühl, in deinem Unterbewusstsein. Da, wo der Intellekt nicht hinreicht. Da, wo dein vermeintlicher Wille außer Kraft gesetzt ist.
Lass die Erinnerung zu!

Jetzt überrollt mich die Erinnerung wie ein Bulldozer.
Bilder… Oh, Gott!

Olaf! Der Heimweg. Das Waldstück. Der Fremde. Wie aus dem Nichts überfällt er mich. Von hinten hat er sich angeschlichen. Sein Arm umklammert mich wie eine Schraubzwinge. Eine stählerne Hand hält mir den Mund zu. Ich bin starr vor Schreck. Dann wirft er mich zu Boden. Kniet sich auf mich. Seine Faust trifft mich wie eine Abrissbirne an der Schläfe. Ich falle in ein tiefes, dunkles Loch. Wenigstens für einen Moment.

Kurz darauf fühle ich, wie mich jemand über den unebenen Boden schleift. Ich bin nur halb bei Sinnen. Die Wiese auf der Lichtung. Er reißt mir das Kleid auf. Greift nach meinem Slip. Ich versuche zu schreien. Wieder landet seine Faust in meinem Gesicht. Ich höre die raue Stimme. *Halt den Mund! Sonst steche ich dich ab!* Ich zweifle keine Sekunde, dass er dazu fähig ist.

Er kommt ganz nahe an mein Gesicht.

Oh… was für Augen!

Kalt.

Eiskalt.

Und fast schwarz.

Das Höllenfeuer in seinen Augen versengt mein Gefühl.

Panik!

Ich will weg!

Jetzt hält er mir ein Messer vors Gesicht. *Wenn du einen Mucks von dir gibst, bist du tot!*, raunzt er, kaum hörbar.

Mit einer blitzartigen Bewegung schneidet er mit dem Messer meinen Slip auf und drückt meine Beine erbarmungslos auseinander. Brutal dringt er in mich ein.

Der Schmerz raubt mir fast den Atem.

Mit eisernen Händen presst er mir meine Arme über den Kopf und drückt meine Handgelenke mit entmenschlichter Kraft auf den Boden.

Mein Unterleib platzt fast vor Schmerz.

Mir wird speiübel.

Sein Mundgeruch ist unerträglich.

Er japst!

Mit einem Stöhnen sackt er auf mir zusammen.

Ich ersticke!

Endlich… Er steht auf.

Es ist vorbei. Gott sei Dank!

Durch meine gequollenen Lider sehe ich dieses dämonische Grinsen.

Bevor ich mich versehe, dreht er mich auf den Bauch wie eine gewichtslose Fensterpuppe, greift mir unter den Leib und faucht: *Knie dich hin, du Schlampe!*

Seine stahlharte Pranke hält mir den Mund zu.

Niemand hört meinen Schrei, als er in meinen Po eindringt.

Mir schwinden erneut die Sinne, wenn auch wieder nur für kurze Zeit.

Mein Gott!

Was für ein bestialisches Monster!

Endlich! Endlich ist er fertig!

Ich lasse mich zur Seite fallen.

Er steht vor mir, schließt den Reißverschluss seiner Jeans und… grinst mich höhnisch an.

Was für eine Menschenverachtung!

Was für eine Erniedrigung!

Was für eine Entwürdigung!

Und damit du niemandem verrätst, was hier gerade passiert ist, muss ich dich leider töten, zischelt er.

Er tritt mir mit voller Wucht seinen Stiefel in die Rippen.

Ich schnappe nach Luft.

Ein Trommelfeuer an Fußtritten prasselt auf mich ein, betäubt den Rest meiner Gefühle für mich.

Er lässt keinen einzigen Körperteil aus.

Ich komme mir vor wie eine Gummipuppe, die diesem Teufel machtlos ausgeliefert ist.

Was für eine Wut!

Was für ein Hass!

Was für eine unbeschreibliche, grenzenlose Rage quillt wie grüner, giftiger Schleim aus diesem… Unmenschen heraus!

NEIN!

Ich will diese Bilder nicht! Ich will sie ausknipsen!

Das, meine Liebe, ist <u>nicht</u> dein Wille.

Wie bitte? Ich weiß erheblich besser als du, was mein Wille
ist.
Und dein Kichern geht mir tierisch auf die Nerven.

Was glaubst du, wo dein Wille sitzt?

Dämliche Frage. Natürlich im Kopf! Wo sonst?
Wieder dieses Kichern.

Und woher weißt du das?

Stellst du immer solche blöden, rhetorischen Fragen? Das
weiß doch *jeder*. Du kannst jeden x-beliebigen Passanten fragen.
Der gibt dir die gleiche Antwort.

*Na, ja… Auch wenn Millionen Menschen einen Irrtum für
wahr halten, er bleibt dennoch ein Irrtum. Dein Wille ist <u>nicht</u>
in deinem Kopf.*

Für einen Augenblick bin ich sprachlos.
Ich muss mich unbedingt sortieren.

Bin ich verrückt geworden? Bin ich durchgeknallt? Was mache ich hier? Ich liege auf einer Waldlichtung. Ein Fremder hat mich brutal vergewaltigt. Ich wache auf und rede mit einer Stimme, die nur in meinem Kopf existiert. Mein Körper ist offenbar verschwunden.

Und das soll ein normaler Mensch verstehen?

Oh… dieses verdammte Kichern!

Nein, meine Liebe, das versteht kein normaler Mensch. Das kann allerdings jeder normale Mensch begreifen… und… akzeptieren.

Bin ich zu blöd?

Nein. Du bist nicht zu blöd. Wie gesagt… der Intellekt ist nur viel zu klein. Und so lange du derart unbeugsam an ihm festhältst, kannst du nicht begreifen. Lass den Intellekt mal schweigen. Erspüre deine Gefühle. Lausche, was dir dein Gefühl sagt. Benenne dein Gefühl – jetzt! Gib ihm einen Namen.

Kein Problem! Da brauche ich nichts großartig zu erspüren. Das ist ganz einfach. Hilflosigkeit, Ohnmacht, Wut, Zorn, Frust. *Das* sind die Namen meiner Gefühle. Bist du jetzt zufrieden?

Zufrieden? Nein, für Zufriedenheit gibt es keinen Grund. Aber… Du hast zumindest den ersten Schritt getan. Kannst du den Gefühlen folgen? Kannst du sagen, was diese Gefühle ausgelöst hat?

Also… das ist jetzt nicht dein ernst, oder? Schau dir meine Situation an. Und dann fragst du mich, was diese Gefühle ausgelöst hat? Wie weltfremd bist du eigentlich? Bist du der Wahnsinn… in meinem Kopf?

Oh, dieses vermaledeite Kichern.

Du hast recht. Ich bin tatsächlich weltfremd… das bedeutet: Ich bin nicht an die von Menschen gebastelten, irdischen Gesetze gebunden. Das sind nämlich keine Gesetze, sondern nur Ausdruck fehlgeleiteten Denkens und Glaubens, das von Irrtümern verseucht ist.

Ah ja…

Ich bilde mir also nur ein, dass ich das Opfer eines Irren bin, das jetzt hilflos auf einem Waldboden liegt und mit einer Stimme im Kopf redet.

Ich glaube also nur, dass ich von einem brutalen Unmenschen vergewaltigt wurde?

Na, toll!

Aus dem Kichern ist jetzt schallendes Gelächter geworden.

Ja, es stimmt. Ich bin endgültig durchgeknallt.

Nein, Eva. Du bist nicht durchgeknallt. Du bildest dir auch nicht ein, auf dem Waldboden zu liegen. Allerdings irrst du darin, ein Opfer geworden zu sein.

Willst du mir erzählen, dass ich das gewollt habe? Willst du mir allen Ernstes weismachen, dass ich die Täterin bin und der arme Kerl, der mich vergewaltigt und zusammengeschlagen hat, das bedauernswerte Opfer ist?
Ich glaub, es hackt!

Nein. Ich will dir nichts weismachen, sondern vor Augen führen, dass es weder Täter noch Opfer gibt. Und wenn du endlich deine Besserwisserei zurückstellst, könnte ich dir das so erklären, dass du es begreifst. Ich habe jedoch den Eindruck, dass du nicht begreifen <u>willst</u>!

Wie kann ich das Unbegreifliche begreifen?

Mit dem Intellekt... gar nicht!
Aber es gibt etwas in dir, dass es begreift! Es kommt nur darauf an, welches Instrument du einsetzt, um einen

Zusammenhang zu <u>verstehen</u> und welches du nutzt, um ihn zu <u>begreifen</u>.

Du hörst dich zwar an, als wärst du schwer meschugge, aber lass mal hören, was du mir offenbar klarmachen willst.

__Okay. Kannst du verstehen, wie das Universum entstanden ist? Kannst du verstehen, welche Kraft das ganze Universum zusammenhält? Kannst du verstehen, warum sich das Universum mit etwa elf Metern pro Sekunde ausdehnt?__

Zur Abwechslung muss ich jetzt kichern. Was für Fragen!
Bin ich Jesus? Wächst mir Gras aus der Tasche? Oder trage ich Latschen?

__Gut. Du kennst also das Neue Testament?__

Hör mir bloß auf damit! Komm mir jetzt ja nicht mit der Kirche. Ich weiß, warum ich ausgetreten bin. Diese alten Männer in Rom mit ihren knallroten, pechschwarzen und lilafarbenen Karnevalskostümen haben alle einen an der Waffel. Was da abgeht – natürlich im Namen ihres so genannten Gottes – schreit derart zum Himmel, dass es, gäbe es diesen Gott tatsächlich, er auf der Stelle taub würde.

Und... die Evangelischen sind keinen Deut besser. Diese Himmelskomiker predigen voller Überzeugung, dass ihr Gott ein Versager ist. Ein Stümper. Ein Taugenichts.

Weshalb sonst müssen die Kleriker – weltweit – die Schnitzer ihres Bosses korrigieren? Sie unterstellen ihm, dass er lauter Sünder erschaffen hat. Und das... nach **Seinem** Ebenbild.

Und dieser Schnitzer, der ihm beim Erschaffen von Eva unterlaufen ist, macht ihn dann auch noch zu einem erbärmlichen Macho? Einem Egomanen?

Wer unterstellt ihm, dass diesem Allmächtigen bei der Erschaffung des Weibes, tatsächlich eine fatale Entgleisung widerfahren ist? _Sie_ ist schuld am Elend dieser Welt! _Sie_ hat den armen, armen Adam verführt. Ach herrjeh! Was für eine Missgeburt – dieses Urweib! Wie konnte diesem Allmächtigen eine solche Fehlschöpfung unterlaufen?

Und jetzt müssen diese Pfaffen die Fehler ihres Bosses auf Erden ausbügeln? Und das seit Jahrtausenden erfolglos?

DAS nenne ich eine totale, allumfassende und ungeheuerliche Pleite des Unternehmens Kirche. Ein Bankrott! En Konkurs – ohne Vorhandensein eine Insolvenzmasse! Der untrügliche Beweis ihrer Unfähigkeit!

Das Geschäftsmodell ist geplatzt, fehlgeschlagen, in Trümmern.

Nee! Nicht mit mir!

Hallo? Du hast es kapiert.

Hallo? Was, bitte, habe ich kapiert?

Du hast begriffen, dass das, was die Kirchen-Oberhäupter predigen, nicht wahr ist. Dass es absolut unmöglich ist, dass sich ein Allmächtiger, Allwissender und Allgütiger derart irren kann.

Na, und?
Das habe ich schon lange kapiert. Was, bitte schön, du Heini, hat das mit meiner jetzigen Situation zu tun? Dass ich hier liege und mich nicht rühren kann?

Alles! Es hat alles damit zu tun.

Tja, dann ist das mit meinem Kapieren auch schon wieder vorbei.

Absolut nicht! Du weißt viel mehr, als du ahnst. Wenn du <u>das</u> als Wahrheit annehmen kannst, wenigstens für eine kurze Zeit, hast du ein Instrument zur Verfügung, mit dem du dich aus deiner jetzigen Lage befreien kannst.

Waaas?

Ich mich befreien?

Wovon redest Du?

Hast du noch alle Reifen an deiner Karosserie?

Bist du jetzt völlig bekloppt?

Wovon faselst du?

Ich rede von deinen Überzeugungen. Von der Macht des Glaubens, der Berge versetzt.

Ach du dicke Neune. Bist du ein Missionar? Willst du mich etwa bekehren? Das, mein Lieber, kannst du vergessen. Mit der Himmels-Comedy will ich nichts zu tun haben.

Funkstille.

He! Damit hast du nicht gerechnet, was?

Immer noch Funkstille.

Und dann überrollt mich der nächste Tsunami von Erinnerungen.

Der Kerl lässt von mir ab. Er steht auf, macht den Reißverschluss seiner Hose zu. Durch meine geschwollenen Lider sehe ich ein Aufblitzen.

Das Messer!

So lang wie ein Brotmesser.

Er holt aus. Fünfmal sticht er auf mich ein.

Ich spüre es kaum. Es fühlt sich eher so an wie… als wenn jemand mit einem weichen Gummiknüppel zuschlägt. Dumpf und oberflächlich.

Mit einem letzten, verachtenden Blick aus dem Abscheu und Hass ihr Gift verspritzen, schaut er auf mich herab.

Er spuckt mir ins Gesicht und schlendert davon.

Schon bald versinke ich in dieser allumfassenden Schwärze…

Oh, mein Gott!

Was für ein Monster! Was für eine unmenschliche Kreatur! Was für ein Barbar! Was für eine Bestie!

LIEBET EURE FEINDE.

Spinnst du? Hast du noch alle Tassen im Schrank? Diesen bestialischen Verbrecher soll ich lieben? Den Dämon auch noch liebevoll annehmen und umarmen? Nein! Das kann niemand von mir verlangen.

Verlangen? Nein, niemand verlangt das von dir. Diese Sichtweise bietet dir allerdings eine riesengroße Chance.

Himmelherrgott! Von welcher Chance redest du? Ich soll meinen Mörder lieben? Und das soll eine Chance sein? In Gottes Namen…

…Chance… WOFÜR?

Die Chance, die Welt zu verändern. Die Chance, den Wunsch deiner Seele zu erfüllen. Die Chance, dazu beizutragen, dass ein bisschen mehr Frieden in das Leben der Menschen – besonders der Frauen – einziehen kann; endlich das zu tun, weshalb du und alle anderen Seelen auf diese Erde gekommen sind und hier herumrennen.

Da bleibt mir doch glatt die Luft weg!

Ich? Der Weltenretter? Die Friedensbringerin?

Das ist ja wohl das Bescheuertste, das ich je gehört habe. Nein, so größenwahnsinnig bin ich garantiert nicht. Du musst mich verwechseln. Such dir jemand anderen.

Hör mir gut zu, meine Liebe. Die Zeit des Diskutierens und Argumentierens ist vorbei. Endgültig! Du stehst jetzt vor der Wahl: Entweder du hältst deine Abwehr aufrecht – dann stirbst du, machst den Abgang.

Oder du legst deinen Widerstand sofort beiseite, gibst jegliche Abwehr auf und du hast zumindest noch eine Chance, dein Leben weiterzuleben.

Trotz Sanftheit und Wärme in der Stimme, redet sie Klartext.

Was ist das für ein Spielchen?

Das kann doch nur ein Spielchen sein, oder?

*

*

*

Kapitel 2

Die Ernsthaftigkeit, die Aufrichtigkeit und die Klarheit, die in dieser Stimme liegt, verfehlt ihre Wirkung bei mir nicht. Was ist, wenn das stimmt? Wenn das tatsächlich wahr ist? Aber... vielleicht ist das nur eine Falle! Darauf darf ich nicht reinfallen.

Andererseits... Was habe ich zu verlieren? Mein Leben hängt sowieso nur noch an einem seidenen Faden. Das spüre ich ganz genau.

Soll ich kämpfen?

Aber... Kämpfen? Gegen wen?

Du bist am Kern deines derzeitigen Problems: das Kämpfen. Es gibt nichts zu kämpfen, meine Liebe. Da ist niemand, gegen den du kämpfen <u>kannst</u>.

Das stimmt. Als ich es gekonnt hätte, fehlte mir die Kraft, mich gegen diesen Deckskerl zu wehren. Er war einfach zu stark.

Ja, meine Liebe. In der Körperkraft sind Männer den Frauen überlegen. Ohne Zweifel. Es gibt jedoch eine andere Kraft, in der Frauen den Männern überlegen sind: Der psychisch-emotionalen Kraft. Diese Kraft kämpft nicht – sie <u>ist</u>.... wenn auch nicht sichtbar.

Okay. Warum beherrscht dann der Kampf das Leben der Menschen, wenn es nichts zu kämpfen gibt? Das ergibt keinen Sinn! Zeit meines Lebens habe ich gekämpft. Und ich weiß, dass es meinen Mitmenschen genauso geht.

Führen wir alle einen sinnlosen Kampf? Das kann nicht sein. Das vermag ich nicht zu glauben.

So ist es! Du kannst es dir nicht vorstellen, <u>weil</u> du es nicht glaubst. Du bist überzeugt, dass das Leben ein einziger Kampf ist. Das, liebe Eva, wurde dir beigebracht. Auch wenn die große Mehrheit der Menschheit diesen Glauben für wahr hält, bleibt es dennoch ein Irrtum, ein Irrglaube, eine Fantasie.

Alles in mir sträubt sich. Ist es möglich, dass sich Milliarden von Menschen irren? Außerdem... Wie kann ich meine eigenen Erfahrungen ignorieren? War das, was ich hier gerade erlebt habe, nicht das beste Beispiel dafür?

Schau, Eva. Es gibt ein geistiges Gesetz, das lautet: Du machst in deinem Leben stets die Erfahrungen, die deinen Überzeugungen, deinen Glaubenssätzen entsprechen. Das bedeutet: Du hast <u>zuerst</u> die Überzeugung und machst <u>dann</u> die dazu passende Erfahrung.

Auf der Erde scheint das Gesetz auf dem Kopf zu stehen. Hier glauben die Menschen, dass sie zuerst die <u>Erfahrung</u> machen, die dann zur Überzeugung <u>führt.</u>

Das ist einer der großen Irrtümer, der für den Zustand der Welt verantwortlich ist.

Jetzt weiß ich, dass du Müll redest!

Das kann nicht stimmen. Du irrst. Schließlich habe ich noch nie die Erfahrung einer Vergewaltigung gemacht, *weil* ich eine solche Überzeugung nicht in mir trage. Also habe ich zuerst die Erfahrung gemacht, die jetzt zu meiner Überzeugung führt.

Also… ist das geistiger Dünnschiss, den du hier von dir gibst.

So <u>scheint</u> es zu sein. Wenn du das System begreifen, erfassen willst, musst du über die aktuelle Situation hinaus zum dahinterliegenden Prinzip gelangen.

Bitte? Das dahinterliegende Prinzip? Wovon redest du? Sorry. Kapier ich nicht. Wozu soll das gut sein? Mir reicht das, was jetzt, aktuell ansteht.

Dann sieh dir die Situation an. Was ist eine Vergewaltigung?

Moment!

Du bist doch der Schlaumeier! Wieso fragst du *mich*?

Hör auf, zu argumentieren. Tu es einfach. Sag mir, was du darunter verstehst.

Okay, okay. Eine Vergewaltigung ist, wenn ein Mann gegen den Willen einer Frau den Geschlechtsverkehr ausübt... mit körperlicher Gewalt.

Gut!

Jetzt schau und erkenne, dass sich eine solche Tat auf <u>zwei</u> verschiedenen Ebenen abspielt. Der Wille ist im <u>Inneren</u>, im unsichtbaren Geist. Die Tat ist auf das <u>Äußerliche</u>, den Körper begrenzt. Das Ziel des Mannes scheint bei der Vergewaltigung die Befriedigung auf rein <u>körperlicher</u> Ebene zu sein. Ihn interessiert nicht, ob die Frau damit einverstanden ist oder nicht. <u>Ihr</u> Wille spielt für ihn keine Rolle. Allein <u>sein</u> Wille ist für ihn maßgebend.

Halt! Einen Moment mal. Wenn ich aber nicht mit diesem Scheißkerl schlafen will? Wenn es mich vor ihm ekelt? Wenn ich es nicht **will**?

Unabhängig davon kannst du erkennen, dass Wille nichts mit körperlicher Kraft zu tun hat, sondern mit einer nicht-

körperlichen, einer geistigen Kraft. Körperkraft ist sichtbar und messbar. Geistige Kraft nicht!

Damit hältst du das ganze Elend der Welt in der Hand. Hier liegt der größte Irrtum der Menschheit. Die Menschen glauben, sind überzeugt, dass der Wille im Kopf angesiedelt ist. Das stimmt aber nicht! <u>Dieser</u> Wille ist nur eine Illusion, ein Pseudo-Wille, ein Hirngespinst. Auf das Körperliche <u>reduziert</u>.

Der einzig wahre, <u>wirkliche</u> Wille des Menschen ist in seinem Herzen zu finden. Der Wille, von dem DU hier sprichst, ist der animalische Wille, der nur dazu dient, die Spezies als Art zu erhalten. Und genau das ist die Triebfeder von Vergewaltigern. In der animalischen Natur gibt es keinen freien Willen, sondern nur den Überlebenstrieb.

Der <u>wirkliche</u> Wille im Herzen des Menschen, will einzig und allein zum Handeln aus Liebe ermuntern, anregen, ermutigen.

Ich bin sprachlos. Wie kann das sein? Nein, das kann nur ein Irrtum sein.

Das kapier ich nicht. Ich spüre doch meinen Willen! Wie kann das eine Illusion sein?

Nein! Du spinnst!

***Was glaubst du, woher der Wille aus dem Herzen kommt?
Woher du ihn hast?***

Wenn ich könnte, würde ich jetzt mit den Schultern zucken.
Nur… mein Körper ist weg. Futsch! Hat sich davongemacht.
Mich im Stich gelassen. Rede ich überhaupt? Ist das hier nicht
ein psycho-pathologisches, ein geisteskrankes Selbstgespräch,
das sich nur in meinem Kopf abspielt? In meiner Fantasie?

Und mit wem rede ich dann? Jetzt? In diesem Moment?

Ja… mit wem? Das ist ja… Nee! Aber wenn es eine fremde
Stimme ist, wer spricht dann da? Und dann… tatsächlich – mit
wem?

Ich spüre, wie ich mit dem Kopf schütteln will.

Mit was für einem Kopf? Mein Körper ist ja verschwunden.

Ich sollte diesem dummen Geschwätz keine Aufmerksamkeit
mehr schenken.

Sonst… bin ich echt durchgeknallt. He! Findet da gerade ein
Happening in meinem Kopf statt? Und wieso bin ich nicht
eingeladen?

Ich möchte ausrasten!

Nennt man das nicht… Multiple Persönlichkeitsstörung?

Also… doch durchgeknallt.

Wo ist der Schlaumeier von eben? Hallo? Hörst du mich? Was sagst du dazu?

Und wieso kicherst du jetzt?

Weil du schon wieder den Kern des derzeitigen Menschheitsproblems in den Händen hast. ALLE Menschen haben diese Form der ‚multiplen Persönlichkeitsstörung‘.

He? Willst du mir sagen… Wir sind allesamt verrückt?

In gewisser Weise schon. Allerdings ergibt das einen Sinn.

Verrücktheit macht Sinn?... Aha!

Erzähl das mal unseren Psychiatern und Psychologen. Wetten, dass die dir ein weißes Jäckchen verpassen und dich in eine Gummizelle stecken? Dich wegsperren? Dich mit Psychopharmaka vollstopfen? Aus der Nummer kämst du hier nicht mehr raus. Die Experten nennen das: Schizophrenie. Jemand, der Stimmen hört, ist plemplem.

Ich weiß.

Du weißt das? Und trotzdem verkaufst du mir das immer noch als Wahrheit? Kannst du mir mal sagen… WARUM?

Gern. Selbst die so genannten Experten können zum Beispiel <u>nicht</u> die Stimme verleugnen, die als ein Gefühl von ‚sei vorsichtig' wahrgenommen wird. Wenn Gefahr im Verzug ist, meldet sich diese innere Stimme als Gefühl sehr deutlich. Hast du das nicht auch schon mehr als einmal erlebt?

Nun ja…. das kann ich tatsächlich nicht leugnen. Manchmal habe ich mich sogar – hinterher – gefragt, wo dieses Gefühl herkam. Woher ich *wissen konnte*, dass die Situation gefährlich sein könnte. Außerdem… hat das nicht jeder schon einmal erlebt?

Aber sicher. Und wo zieht eure Psychologie die Grenze? Wo unterscheidet sie zwischen „normalen" und „krankhaften" Stimmen? Wer legt diese Grenze fest? Und nach welchen Kriterien?
Zumal… es gibt zwei verschiedene Quellen, aus denen das Gefühl kommen kann.

Zwei Quellen?
Was denn… wir sind *alle* schizo?

Ja und nein.

Manchmal entspringt das Gefühl den gemachten, bereits vorhandenen Erfahrungen, also einer Quelle, die deine Erinnerungen aufbewahrt.

Manchmal kommt dieses Gefühl aber auch aus einer Vorahnung, einer Intuition heraus. Manche Menschen nennen es „den sechsten Sinn", der sich allerdings der Rationalität entzieht und nichts mit bereits gemachten Erfahrungen zu tun hat.

Heiliger Strohsack!

Was ist das denn für ein… für ein Wirrwarr?

Wer soll da noch durchblicken?

*

*

*

Kapitel 3

Olaf!

Olaf, wo bist du? Ich brauche dich jetzt. Bitte! Bitte höre mich, Olaf. Ich konnte mich bisher immer auf dich verlassen. Bitte suche nach mir. Finde mich. Hilf mir!

Stille.

Ich traf Olaf vor einigen Monaten und er half mir, meine Wunden zu lecken, die mir Benjamin geschlagen hatte. Olaf ist anders als Benjamin. Olaf ist zärtlich, liebevoll und er hört mir zu. Nicht oberflächlich – nein er hört mir *wirklich* zu.

Vor meinen geistigen Augen schiebt sich ein Bild in mein Blickfeld. Ich habe den Eindruck, dass mich eine Zeitmaschine rasend schnell in eine andere Zeit zurückkatapultiert.

Mein Gott! Was ist das? Wie ist das möglich?

Ich sitze im Auto und sehe, wie Benjamin mit der Blondine aus dem Hotel kommt. Ja, ich bin ihm nachgefahren. Ich wollte endgültig Gewissheit haben. Ganze drei Stunden habe ich in der Kälte im Auto ausgeharrt. Der Scheißkerl geht mit der Tussi Händchen haltend zu seinem Porsche. Und… wie er ihr galant die Tür öffnet, sie küsst und diese Schlampe ihn anhimmelt.

Nein! Es ist kaum zu ertragen. Er kann es nicht lassen. Er ist und bleibt ein Weiberheld. Ich kann meine

Enttäuschung, meine Wut, meine Ohnmacht kaum noch ertragen. Warum tut er mir das an?

Als du ihn geheiratet hast, wusstest du um seinen Ruf, oder?

Ja, aber wenn man heiratet, dann verspricht man sich doch gegenseitige Treue. Man verspricht sich zu lieben, zu ehren – in guten wie in schlechten Zeiten. Wie konnte er mir das antun?

Was hat er dir denn angetan?

Das fragst du noch? Er hat sein Ehe-Versprechen gebrochen. Er hat mich belogen und betrogen. Er ist fremdgegangen. Immer wieder. Und du fragst mich, was er mir angetan hat?

Ist für dich die Ehe ein Gefängnis? Hat sich ein Mann von der Zeit seiner Eheschließung an, von allen anderen Wünschen zu verabschieden? Sich ausschließlich dem Diktat irdischer Vereinbarungen zu unterwerfen? Einer Vereinbarung, die für immer verpflichtend ist?

Was für eine blöde Frage. Wozu sind denn Vereinbarungen da? Niemand kann aus einer solchen Vereinbarung willkürlich aussteigen. Einfach so, wann immer er will.

Dann, liebe Eva, machst du aus der Liebe einen Handel. Aber… Liebe ist keine Ware, mit der man Handel treibt. Damit sind wir zurück im Thema – dem Willen. Wo glaubst du, sitzt der Wille?

Nun ja, du sagtest, der Wille im Kopf ist gar nicht mein Wille, obwohl ich mir da gar nicht so sicher bin. Deiner Meinung nach sitzt der wirkliche Wille des Menschen im Herzen. Da, von wo aus die Liebe das Handeln des Menschen steuern würde.

Und wo glaubst du, kommt dieser Wille, der aus dem Herzen kommt, her? Wie ist er im Herzen gelandet? Wer hat ihn da hingelegt?

Nee, nee! Das hast <u>du</u> gesagt, nicht ich. Woher soll ich das also wissen?

Sind wir uns einig, dass sich der Mensch nicht selbst gemacht, nicht selbst erfunden, nicht selbst konstruiert hat? Sind wir uns einig, dass die Informationen auf den DNS-Strängen von irgendjemandem >aufgespielt< wurden?

Ja, darin sind wir uns einig. Ich habe mich nicht selbst gemacht.

Abgesehen davon, dass dich deine physischen Eltern durch den Geschlechtsakt letztlich ins Leben gerufen haben, waren sie dennoch nur Erfüllungsgehilfen des in Form gebrachten Lebens, der Natur. Trotzdem bist du heute mehr als dein Körper, oder? Du hast Gefühle, einen Willen, Ideen – als Ausdruck einer unsichtbaren Seite deines Seins. Können wir uns auch darauf einigen?

Im Grunde ja. Aber worauf willst du hinaus?

Ich führe dich – hoffentlich - zur Antwort auf die Frage: Wo kommt unser Wille aus dem Herzen her? Und ich sage dir, der kommt von einer Instanz, die wir mit unserem kleinen, menschlichen Intellekt nicht erfassen können. Es kann nur eine geistige Instanz sein – eine, die für geistige Dinge, nicht körperliche Angelegenheiten, zuständig ist.

Kommst du mir schon wieder mit dem alten Mann samt Rauschebart? Dem Versager beim Erschaffen von Eva?
Bleib mir weg damit!

Was wäre, wenn es diese gütige, liebevolle und fürsorgliche Instanz tatsächlich gäbe? Was wäre, wenn die institutionellen Religionen nur den Versuch einer Deutung, einer Interpreta-

*tion von für sie unbegreiflichen Phänomenen vorgenommen
haben?*

Na, damit sind sie aber mächtig gescheitert. Damit haben sie
richtig ins Klo gegriffen!

*Ich werde später noch einmal auf dieses Thema
zurückkommen. Im Moment möchte ich nur, dass du dieses
Szenario für <u>möglich</u> hältst.*

Ja, das kann ich durchaus. Warum nicht? Wenn du mir eine
andere Erklärung anbieten kannst, höre ich sie mir gern an.

Sehr schön.
*Dann sage mir... glaubst du allen Ernstes, dass Benjamin
seine Freundinnen liebt?*

Nein, das glaube ich nicht. Er liebt sie genauso, wie er mich
geliebt hat – nämlich gar nicht!

*Woher willst du das wissen? Kennst du <u>seine</u> Maßstäbe?
Weißt du, was <u>er</u> unter Liebe versteht? Abgespeichert hat?
Glaubt? Vergiss nicht... er hat dich nach <u>deinen</u> Maßstäben
nicht geliebt. Du, meine Liebe, verstehst ganz offensichtlich
etwas anderes darunter als er.*

Das kannst du wohl laut sagen. Das Miststück versteht garantiert unter Liebe etwas ganz anderes als ich. Seine Liebe ist in den Schwanz gerutscht und dort hängengeblieben.

Ja, viele Männer, besonders die jüngeren, tragen die Verknüpfung von Liebe und Sexualität in sich. Hast du dich jemals gefragt, warum das so ist?

Ehrlich gesagt… Nein. Und weißt du was? Es ist mir auch ziemlich egal, was *sie* darunter verstehen. Ist Liebe beliebig interpretierbar? Garantiert nicht! So ein Macho wie Benjamin verlangt von MIR, treu zu bleiben. Woher nimmt er sich dieses Recht? Zweierlei Maß? Eines für ihn, dass er fremdgehen kann, wann immer ihm danach ist – und ein anderes für mich, die das nicht darf?

Jetzt hast du es auf den Punkt gebracht.

Wie meinst du das?

Das ganze Elend auf der Welt beruht auf dieser Überzeugung: mit zweierlei Maß messen zu können.

Und? Was kann ich daran ändern? Ich hab das nicht so eingerichtet.

Nein, eingerichtet hast du das nicht. Wenigstens nicht persönlich. Aber du hast es von deinen Eltern übernommen. Und die von ihren Eltern – usw. Auch DU misst mit zweierlei Maß. Du hältst DEIN Maß für richtiger als seines. Findest du das in Ordnung? Hältst du es für gerecht, dass mit zweierlei Maß gemessen wird?

Was willst du damit sagen?

Männer dürfen fremdgehen, Kinder zeugen, Alimente zahlen – und das war's? Frauen dürfen die Kinder dann großziehen, können ihre Karriere knicken, ihre soziale Stellung aufgeben? Welcher Mann bindet sich an eine Frau mit Kind? Welcher Mann zieht schon gern das Kind eines anderen Mannes groß? Übernimmt die Verantwortung?

Schau dir mal ganz genau an, wie die Gesellschaft mit alleinerziehenden Müttern umgeht?

Ja, es sieht so aus, als würden die traditionellen Lebensmodelle nicht mehr funktionieren.

Da hast du verdammt recht!

Etwa 37 Prozent aller Alleinerziehenden beziehen Hartz 4, sie leben an der Armutsgrenze. Nehmen diese Mütter und Väter ihre Pflicht zur Erziehung ernst, können sie viele Jahre nur einen Halbtagsjob machen. Und was heißt das für die Rente?

Noch ein Griff ins Klo!

Ich habe das bei meiner Freundin Miriam hautnah miterlebt.

Der Erzeuger des Kindes zahlt keinen Cent!

So sehen die so genannten traditionellen Lebensmodelle heute in der Realität aus.

Hast du dir je Gedanken gemacht, warum viele Männer so „ticken"? Kann es sein, dass hier etwas liegt, das du dir ansehen solltest? Erinnere dich... als du Benjamin mit der Blondine erlebt hast, was hättest du am liebsten getan?

Am liebsten hätte ich ihm den Hals umgedreht. Ich war so wütend!

Und was für ein Gefühl war das vorherrschende?

Wut! Maßlose Wut!

Wut, meine Liebe ist immer ein so genanntes sekundäres Gefühl. Hinter der Wut steckt immer eine Verletzung, die meist mit Gefühlen von Schmerz, Ohnmacht und Hilflosigkeit einhergeht.

Ja, das kann ich nur bestätigen. Diese Ohnmacht, diese unsägliche Hilflosigkeit, die tiefe Verzweiflung, nichts ändern zu können, was unsere Ehe noch hätte retten können, war so schrecklich schmerzhaft für mich.

Mir schießen jetzt noch die Tränen in die Augen. Die Erinnerung an den Anblick wühlt mich noch immer auf. Nie zuvor war ich derart gelähmt gewesen, so schwach, so schutzlos wie damals....

Ja, du wusstest, dass niemand Gefühle der Liebe erzwingen kann, die ein anderer nicht freiwillig gibt, nicht wahr?

Ja, das stimmt. Ich wusste, dass ich ihm nie mehr würde vertrauen können. Ich wusste sofort, dass die Ehe an diesem Abend zu Ende war. Liebe kann man nicht cinklagcn.

Kannst du dir vorstellen, dass Frauen mit solchen Situationen viel besser umgehen können als Männer?

Nein. Das kann ich mir nicht vorstellen. Männer sind viel kälter, viel emotionsloser als Frauen. Diesen Machos macht das gar nichts aus.

Du irrst, meine Liebe. Männer tun nur so, als würde es ihnen nichts ausmachen, wenn sie von ihren Frauen verlassen werden. In Wahrheit zerbrechen sie innerlich fast an solchen Situationen. Männer haben viel weniger Kraft und innere

Stärke als Frauen. Für sie ist die Machtlosigkeit, die sie in solchen Situationen erleben, identisch mit dem Verlust ihrer Identität.

Das mag ja sein. Und deshalb werden sie dann gewalttätig? Mein Vater kannte in dieser Beziehung auch keine Kompromisse. Wehe, jemand widersprach ihm. Selbst meine Mutter war vor seinen Wutausbrüchen nicht sicher. Oft hat er sie geschlagen – von uns Kindern ganz zu schweigen.

Aber… gibt ihre Hilflosigkeit ihnen dann das Recht, gewalttätig zu werden?

Natürlich nicht! Bedenke jedoch: die meisten Männer haben nie gelernt, mit ihren Gefühlen umzugehen. Sie wurden so erzogen, dass Gefühle zu unterdrücken, zu verleugnen oder zu ignorieren sind. Aber… Gefühle, die unterdrückt oder verleugnet werden, führen im Unterbewusstsein ein Eigenleben. Sie können nicht ausradiert werden. Doch schau dir an, was heute noch immer den Jugendlichen beigebracht wird. Was zählt in der Erziehung? Leistung! Leistung! Leistung! Wer bringt ihnen bei, wie sie mit ihren Gefühlen umgehen sollen?

Auch das mag ja stimmen. Aber was hat das mit mir zu tun? Damit, dass ich jetzt hier liege und… ganz offensichtlich sterbe?

Ich bitte dich! Soll ich jetzt auch noch Mitleid mit den ‚armen
Männern‘ haben?

Nein! Nicht Mit_leid_, aber Mit_gefühl._

**Dein Mangel an Mitgefühl ist die Botschaft, die dir durch
die heutige Erfahrung der Vergewaltigung bewusst werden
soll. Eben noch hast du dich beklagt, dass – ich zitiere:**

*Schließlich habe ich noch nie die Erfahrung einer
Vergewaltigung gemacht,* **weil** *ich eine solche Überzeugung
nicht in mir trage. Das ist geistiger Dünnschiss, den du hier von
dir gibst.*

**Und _weil_ du genau die Überzeugung in dir trägst, dass
Männer gewalttätig sind, ist dir das heute, die Vergewaltigung,
widerfahren. Du teilst mit der Mehrheit der Menschheit die
Überzeugung: Gewalt ist eine Möglichkeit der Problemlösung.
Ist dir bewusst, dass ein Mangel an Mitgefühl auch eine Form
der Gewalt ist – eingehüllt in den Mantel der Selbstgerechtigkeit.**

Jetzt platzt mir aber der Kragen!
Und deshalb muss ich mir diese Gewalt antun lassen? Von so
einem Dreckskerl?

Minutenlanges Schweigen.

He! Bist du noch da?

Ja. Meine Liebe, du hast es offenbar immer noch nicht begriffen. Alles, was dir im Leben begegnet, ist eine Reflektion dessen, was _in_ dir ist. Und das gilt für JEDE Situation. Ganz besonders für die unangenehmen. Und dennoch sind es genau DIESE schlimmen Erfahrungen, die dem Menschen die Chance bieten, sich selbst besser zu erkennen und Irrtümer in ihren Überzeugungen zu korrigieren.

Was redest du da? Willst du einen auf Mitleid machen? Nur um ein Alibi für Gräueltaten zu liefern? Was für ein Stuss!
Weißt du eigentlich, was du da für einen Blödsinn laberst?

Okay! Dann will ich noch deutlicher werden.
Die Schwierigkeit, die die meisten Menschen haben, das Lebensprinzip zu begreifen, ist ihr Glaube, sie _wüssten_, wie sich alle Menschen zu verhalten haben. Nach dem Motto: wenn XY sich anders verhielte, ginge es mir besser, oder wenn YZ sein Tun unterlassen würde, hätte ich weniger Probleme. Aber... es geht im Leben nicht darum, was andere tun oder unterlassen, sondern wie DU darauf _reagierst_!
*Erst deine Reaktion auf das Verhalten anderer gibt deren Tun überhaupt erst eine Bedeutung. Es sind _deine_*

Erwartungen – meist unbewusste – die aus einer Situation ein Problem <u>machen</u>!

Hmm. Da ist was dran. Nur… was kann ich, als einzelne Frau daran ändern? Denk mal nach, du Schlaumeier. Du hast ja selbst gesagt… so denken die Menschen überall auf der Welt. Ist das in anderen Ländern anders?

Im Gegenteil! Wir können später über die anderen sprechen. Aber warum bleibst du jetzt nicht bei dir? Genau hier! Warum lenkst du jetzt ab? Löse DEIN Problem – nicht das der anderen! Das können diese ohnehin nur selbst lösen.

Langsam glaube ich, du hast vollkommen den Verstand verloren. Ich brauche Hilfe! Ich liege im Sterben. Ich brauche einen Notarzt, der mir vielleicht noch helfen kann. Mein Leben retten kann!

Ja, das ist es, was du tatsächlich glaubst. Die Mehrheit der Menschen sucht immer im <u>Außen</u> nach Problemlösungen – obwohl das Problem samt Lösung im <u>Innen</u> liegt.

Sag mal – hast du noch alle Tassen im Schrank? Ich bin kein Mediziner. Ich habe keine Blutkonserven und auch kein

Verbandszeug in der Jackentasche. Geschweige denn einen ganzen Operationssaal.

Oh dieses grässliche Lachen!

Hör zu, meine Liebe. Jeder Mediziner kann nur deinen <u>inneren</u> Arzt unterstützen. Nur dein innerer Arzt vollbringt Heilung. Viele Mediziner wünschen sich die Fähigkeiten des inneren Arztes. Aber – die haben sie nicht. Nein, Eva, Jede Krankheit – egal welche – entsteht aus einer Überzeugung, die Fehlinformationen beherbergt, die korrigiert werden müssen. Die wenigsten kennen diese Zusammenhänge. Wüssten die Menschen darum, oder besser – wären sie sich dieser Zusammenhänge bewusst – gäbe es mehr Gesundheit, mehr Freude und Frieden auf der Welt. Die Menschen würden niemals ein Problem im Außen festmachen. Sie würden hinter jedem Problem emsig nach der Chance suchen, <u>eigene</u> Überzeugungen zu korrigieren. Wenn du also aus der jetzigen Situation erkennst, worum es in deinem Leben – gerade JETZT – geht, wird automatisch der innere Arzt aktiviert.

Sag mal… kannst du ein bisschen weniger geschwollen reden? Dieses hochtrabende Gelaber geht mir auf den Keks. Ich bin eine ganz normale Frau – keine Intelligenzbestie!

Was gibt's da zu lachen? Wenn alle Typen so reden wie du, dann ist dieses akademische Geschwafel nur was für die Studierten, die Elite – nicht für Normalos wie mich.

Entschuldige bitte. Manchmal geht es mit mir durch. Ich fang mal anders an.

Du weißt, dass du ganz bestimmte Radiosender nur empfangen kannst, wenn du dein Empfangsgerät auf die Frequenz einstellst, auf der gesendet wird.

Stell dir vor... der Kopf, der Intellekt, arbeitet auf einer Frequenz von 10. Das Herz, das Innere des Menschen – seine Seele – arbeitet auf der Frequenz 1.000.

Jeder Mensch, der dir im Leben begegnet, hat eine Botschaft für dich. Diese Botschaft wird auf der 1.000er Frequenz abgesendet. Manchmal – oder besser meistens – wissen die Betreffenden gar nicht, dass sie eine Botschaft auf dieser Frequenz absenden. Eben <u>weil</u> alles über das Unterbewusstsein abläuft.

Aus demselben Grund hören die meisten Menschen die Botschaft nicht, denn in der Regel hören die Menschen nur die Worte mit den körperlichen Ohren, die im Kopf, im Intellekt, landen. Der Intellekt, wie gesagt, arbeitet auf der Frequenz 10.

Würde die Botschaft mit dem Herzen, dem Inneren, der Seele gehört – also auf derselben 1.000er Frequenz *empfangen, auf der der Sender sie absendet, könnten die Hörer der Botschaft diese verstehen und <u>entschlüsseln</u>.*

Soweit klar?

Naja, einigermaßen. Wenn ich mein Radio nicht auf die Frequenz des Senders einstelle, kann ich die Musik und die Nachrichten nicht hören. Meinst du das?

Genauso! Zunächst geht es darum, die Botschaft zu <u>hören</u> – das heißt deine Ohren, das Empfangsgerät, auf die entsprechende Sendefrequenz einzustellen. Dazu sind die körperlichen Ohren nicht gemacht. Dein Herz – über die Gefühle – ist auf die Senderfrequenz 1.000 abgestimmt und eingerichtet.

Nun ist deine Seele, dein Herz daran interessiert, sich <u>geistig</u> weiterzuentwickeln. Der Körper ist an geistigen Dingen nicht interessiert. Doch die geistige Evolution ist für die Seele das Wichtigste überhaupt.

Jetzt verstehe ich!

Du bist ein Guru! Du gehörst zu den Esoterikern, die die Leute über den Tisch ziehen und sie einlullen, um ihnen das Geld aus der Tasche zu ziehen!

Was gibt es da zu lachen?

Deine Überzeugungen, dein Misstrauen und dein Denken kreisen ausschließlich darum, mich und meine Hilfestellung für dich zu sabotieren, obwohl ich die Einzige bin, die dir im Moment aufzeigen kann, wie du gerettet werden kannst. Was hätte ich davon, dich anzuschmieren?

Nun ja… das mag stimmen. Aber… was hast du davon, wenn ich gerettet werde?

Und hör auf, zu lachen!

Beruhigt es dich, dass ich keine weltlichen Belohnungen erwarte oder gar wünsche? Ich will dich unterstützen, weil du deine Aufgabe auf Erden noch nicht erfüllt hast.

Aufgabe?
Was für eine Aufgabe.
Wer bist du überhaupt, dass du das einfach behaupten kannst? Was machst du hier? Weshalb laberst du mich voll, statt den Notarzt zu alarmieren?

Du kannst mich nennen wie du willst. Viele nennen mich ihren ‚besten Freund‘. Mein Name spielt im Moment keine Rolle – nur der Inhalt ist von Bedeutung. Für deinen Intellekt ist das, was ich dir zu vermitteln versuche, Gelaber, weil er *immer auf der 10er Frequenz eingestellt ist und mich nicht versteht. Für ihn rede ich Kisuaheli mit Chinesisch gemixt. Wenn du dein ach so kluges Köpfchen mal zum Schweigen bringst, können wir uns gewiss konstruktiv austauschen. Das wäre unendlich nützlich für <u>dich</u> – schließlich geht es jetzt um <u>dein</u> irdisches Überleben.*

Gut, dass du mich erinnerst.

Du hast mir noch nicht gesagt, woher du meinst, meine Aufgabe zu kennen. Was für eine Aufgabe meinst du?

Aber du machst mich neugierig. Sag, bist du männlich oder weiblich? Wie siehst du aus?

Ich weiß immer gern, wen ich vor mir habe. Und bis jetzt bist du für mich nur hörbar, aber ansonsten unsichtbar.

Du wirst mich nie verstehen, nie annehmen, so lange du im Kopf bleibst, auf der 10er Frequenz. Bring dein inneres Geschwätz aus dem Intellekt zum Schweigen und geh tief in deine Gefühle hinein. Lass dich einfach in deine Gefühle hineinsinken – dann siehst du mich.

Es fällt mir ganz schön schwer, dieses laute, innere Geplapper ruhig zu stellen. Das ist wie ein aufgedrehter Affe, der ständig einen Tanz aufführt und nicht aufhören kann.

Ja, allmählich wird er friedlicher. Offenbar merkt er, dass er Sendepause hat. Ja, ich will mich ganz auf meine Gefühle konzentrieren.

Doch werde ich das Wissen, hier auf dieser Wiese zu liegen und zu sterben, nicht los. Und dann kommt auch die Unruhe wieder, der Aufruhr, etwas dagegen tun zu müssen.

Komm, ich helfe dir. Kannst du mir glauben, dass du erst am Ende unseres Gespräches entscheidest, ob du sterben oder leben willst?

Was? Ich entscheide? Was für ein Schwachsinn!
Das kapier ich nicht.

Du brauchst es nicht zu kapieren. Du brauchst es im Augenblick nur zu glauben. Kannst du mir vertrauen?

Habe ich eine Wahl?

Ich glaube, nicht.
Also... lass dich in dein Gefühl hineinsinken.

Okay.

Es funktioniert. Ich werde immer ruhiger. Ich schiebe die Bilder von der Wiese an die Seite und versuche, dich innerlich zu sehen.

Mach weiter!

Ja, ich sehe ein Gesicht. Es ist zwar noch reichlich verschwommen, aber ich sehe es.

Dann sag mir, was du erkennst.

Du siehst fast durchsichtig aus – eher wie ein Geist. Du hast ein freundliches Gesicht, lachende Augen und langes, hellblondes, ja fast weißes Haar. Ja, du gefällst mir.

Prima! Du hast mich ganz gut beschrieben.

Du bist eine junge Frau! Wie kann jemand, der so jung ist wie du, so große Sprüche klopfen? Und dann auch noch so kluge?

Vergiss das Alter. Im geistigen Reich gibt es kein Alter – und Zeit ist ohnehin eine Illusion, die nur auf Erden eine Bedeutung hat. Lass uns zurückkommen auf deine Situation.

Für dich ist im Augenblick die Zeit stehengeblieben. Regelrecht zum Halt gekommen.

Und warum?

Das sagte ich bereits. Du bist in dieser Situation, weil deine Erfahrung, die du dir für dein jetziges Leben ausgesucht hast, noch nicht vollständig ist. Du wolltest unbedingt erfahren, warum Frauen auf Erden so schlecht behandelt werden.

Und?

Jetzt habe ich zwar selbst genügend Erfahrungen gesammelt, dass es tatsächlich so ist. Ich habe es gefühlt. Schmerzhaft, hilflos, ohnmächtig und jetzt auch noch sterbend. Aber das *Warum* habe ich nicht herausgefunden. Warum, beste Freundin, sind Frauen auf Erden diejenigen, die so schrecklich viel Gewalt erfahren müssen? Warum?

Um das zu erfassen, bedarf es Fähigkeiten, über die Frauen in ganz besonderem Maße verfügen: Liebe, Empathie, Einfühlungsvermögen und hohe Emotionale Qualität. Besonders das Letztere ist für die Macht, über die Frauen verfügen, von größter Wichtigkeit. Die Weichheit, das Sanfte und die Sinnlichkeit, die von Frauen ausgeht, machen sie

anziehend, attraktiv für Männer... und ängstigen die Partner
zugleich.

Warum? Was ist daran beängstigend?

Jemand, der nicht über diese Fähigkeiten verfügt, erlebt
sich hoffnungslos unterlegen. Die meisten Männer spüren die
Macht, die von Frauen ausgeht. Sie wissen in ihrem tiefsten
Inneren, dass sie da nicht mithalten können. Diese
unerreichbare Macht entzieht sich dem begrenzten,
menschlichen Intellekt. Erinnere dich: Frequenz 10 zu
Frequenz 1.000.
Abgesehen von den Frauen, die ihre Weiblichkeit zur
Manipulation missbrauchen, verstehen die meisten Frauen
das Problem der Männer gar nicht. Sie sind sich ihrer
Machtausübung nicht bewusst. Sie sind einfach wie sie sind.
Es kommt ihnen nicht in den Sinn, dass sie mit ihrer Stärke
die Mehrheit der Männer in Angst versetzen.

Bitte entschuldige... ich kapier es immer noch nicht.
Vielleicht bin ich zu beschränkt. Was – in aller Welt – ist an
Liebe, Sanftheit und Sinnlichkeit bedrohlich?

Es ist die Macht der Frau, die niemand durch <u>Kampf</u>
gewinnen kann. Es ist die Macht der Natur, der Natürlichkeit;

eine innere Macht, die unbesiegbar ist. Und weil sie durch Kampf nicht gewonnen werden kann, wird sie als bedrohlich erlebt.

Aber… dafür können wir Frauen doch nichts! Wir werden so geboren. Wir sind einfach wie wir sind.

Ja, das macht die Frauen so anziehend für Männer. Allerdings spüren sie, dass sie dem nichts Gleichwertiges entgegenzusetzen haben. Seit Urzeiten glauben Männer, sich in Kämpfen beweisen zu müssen. Sie beäugen sich gegenseitig und achten darauf, welche die Begehrenswerteste aller Frauen sich für sie entscheidet. Sie fragen sich: was müssen wir tun, damit sich eine Frau für uns entscheidet? Vergiss nicht: der Testosteron-Spiegel der Natur verlangt sein Recht! Die animalische Seite der menschlichen Natur will nur das Fortbestehen der Spezies – und das mit den stärksten, gesündesten Genen. Die animalische Seite der Frau will beschützt werden – Schutz für sie und den Nachwuchs.

Das habe ich doch längst begriffen! Doch hat sich das Bild, das Frauen heute von Männern haben, im Laufe der letzten 100 Jahre gravierend geändert. Wir wollen keine Machos mehr! Die Zeit der selbstgerechten Patriarchen ist abgelaufen. Warum sind wir Frauen dennoch dieser Gewalt ausgesetzt?

Um das nachvollziehen zu können, solltest du an den Anfang des ganzen Geschehens zurückgehen – in die Zeit, der Höhlenmenschen. Damals war die Rollenverteilung für den Fortbestand absolut erforderlich. Die Männer gingen auf die Jagd, die Frauen kümmerten sich um den Nachwuchs und sorgten dafür, dass das Feuer nicht verlöschte.

Soweit klar. Und dann?

Vor etwa 20.000 Jahren begannen die Menschen, sesshaft zu werden. Ackerbau und Viehzucht ersetzten das Jagen und Sammeln. Das machte die Männer regelrecht arbeitslos. Sie waren plötzlich nicht mehr tagelang unterwegs, um ein Mammut zu erlegen, damit etwas Essbares auf den Tisch kommt – sie arbeiteten auf den Äckern und konnten, bei günstiger Witterung, nach ein paar Monaten die Ernte einfahren.

Wie schon seit Jahrtausenden zuvor, stand die „Große Göttin" oder auch die „Mutter Göttin" im Zentrum des spirituellen Glaubens. Inanna oder Ishtar, wie sie genannt wurde, blieb bis ca. 4.000 v.Ch. die Herrscherin des Himmels.

Als Jäger und Sammler zogen kleine Gruppen durch das Land. Durch die Sesshaftigkeit der Familienverbünde entstanden plötzlich große Clans. Und andere Clans erhoben

Ansprüche auf Landgebiete, um ebenfalls Vieh zu züchten und Äcker zu bearbeiten.

Das ist der Beginn einer Ära, in der erstmalig Zäune gezogen wurden, um Herrschaftsansprüche für jedermann sichtbar zu verdeutlichen. Damit begann der Kampf um fruchtbares Land.

Aus dem Kampf mit einem Mammut wurde der Kampf um Land, das Nahrung hervorbringen sollte.

Und natürlich waren es Männer, die diesen Kampf auf Körperebene führten. Nur… diesmal nicht <u>miteinander</u> <u>gegen</u> das Mammut, sondern <u>gegeneinander</u> um Besitzansprüche, um Vorrechte.

Oh, ich verstehe! Von da an ging es nicht mehr um ein <u>Miteinander</u>, sondern um ein <u>Gegeneinander</u>.

So ist es!

Pass jetzt gut auf, meine Liebe. Die Schriften des Alten Testamentes begannen, so die Experten – um etwa 3.500 bis 3.000 v.Ch. – just als die ersten größeren Siedlungen entstanden waren und die erste Stadt – Uruk – Ende des 4. Jahrtausend v.Ch. gegründet worden war.

Und plötzlich verschwand Inanna – die Große Mutter – als geistige Instanz und wurde von einem rachsüchtigen, männlichen Gott ersetzt.

Mit dem Ideal Inanna konnten die bestehenden Besitz-ansprüche nicht begründet werden, die aber mussten ins veränderte „Weltbild" integriert werden. Das Weltbild der nun erforderlichen Grenzzäune, der >Begrenzungen<.

Was lag also näher, als die „Gottheit" zu ändern? Weil Inanna keine Lösung für das Grenz-Problem zu bieten hatte, schob man ihr die ganze Misere in die Schuhe. Schließlich war sie es, die den ganzen Schlamassel zugelassen hatte. Sie meinte es wahrlich nicht gut mit den Menschen, sonst hätte sie es verhindert.

Der „neue" Gott bestätigte das prompt! Der Mythos war geboren, dass „die Frau" die Schuld trägt, dass aus dem Miteinander ein Gegeneinander geworden war. SIE hat den Mann verführt, sesshaft zu werden. SIE wollte die Früchte des Feldes ernten (von wegen Apfel). Und das Schlimmste von allem: SIE hat den Mann mittels der Sexualität gezwungen, ihr zu folgen. Die Schlange gilt in Indus-Kulturen seit ebenfalls ca. 3.000 v.Ch. als Symbol der Sexualität.

Ach du meine Güte!
Heiliger Strohsack!
Das ist ja Hanebüchen!

Nach heutigem Maßstab, ja. Aber… das Ganze hat vor 5.000 Jahren stattgefunden. Menschen haben immer nach

Gründen gesucht, mit denen sie sich erklären konnten, was in ihrem Leben passierte. Und da Freud, Jung und Co. erst 5.000 Jahre später auf der Bühne des Lebens erschienen, blieb ihnen nur die Vorstellungskraft, die Fantasie als Ressource für „sinnvolle" Erklärungen.

Und das haben sich Frauen gefallen lassen?

Was konnten sie denn tun? Gegen diese „logischen" Erklärungen konnten sie nicht argumentieren. Sie hatten keine „bessere" Erklärung für das, was sichtbar um sie herum passierte. Ihr Intellekt, ihr Verstand war ungeübt. Nicht trainiert. Sie hatten noch nicht gelernt, dieses Instrument zu gebrauchen. Wie sollten sie mit ihren Gefühlen, das Grenzzaun-Problem lösen?

Das war also der Siegeszug des Mannes, des Intellekts. Und der gilt bis heute?

Aber sicher! Die Rolle der Frauen war von der Natur bestimmt: Kinder kriegen. Und weil das Kinderkriegen schon immer mit höllischen Schmerzen verbunden war – dem aufrechten Gang geschuldet – wurde dem „neuen" Gott flugs in den Mund gelegt, dass ER das so bestimmt haben musste.

Er war es auch, der den Mann bestrafte, indem er „im Schweiße seines Angesichts" die Felder bestellen musste.

Es wurde Zeit für den strafender Gott. Und das alles nur, weil Inanna die Sache mit den Grenzen so versaubeutelt hatte.

Was für ein Schwachsinn!

Das mag dir so vorkommen. Erkenne die ungeheuerliche Macht des Geistes! Wenn sich Menschen etwas Derartiges in den Kopf gesetzt haben, es für wahr halten, es <u>glauben</u>, wird es zur erlebbaren, erfahrenen Realität.

Und das seit 5.000 Jahren!

Du siehst jetzt, warum „die Frau" als die Schuldige gilt, die – aus der Sicht des Mannes – bestraft, diskriminiert, ausgebeutet und erniedrigt werden <u>darf</u>!

Das darf doch wohl nicht wahr sein!

Ich habe neulich einen schönen Satz gelesen, dass Mythen das Langzeitgedächtnis der Menschheit darstellen und Medien das Kurzzeitgedächtnis bedienen.

Wir alle tragen also in unserem Langzeitgedächtnis den Werdegang der Menschheitsentwicklung. Es wird Zeit, einen neuen Mythos zu gründen.

Was denn… zurück zum Matriarchat?
Der männliche Gott ist tot – es lebe Inanna?

Oh, nein! Die Evolution kennt keinen Rückwärtsgang.

Warum erzählst du mir das dann alles?
Was macht das für einen Sinn?
WAS WILLST DU VON MIR?

Ach, Eva. Du hast dir eine Zeit, eine Ära für dein Leben, für deine Erfahrungen ausgesucht, die ganz mächtig im Umbruch ist. Frauen haben ihr Selbstbild gründlich verändert. Sie bestimmen selbst, ob sie Kinder haben wollen oder nicht. Sie sind in vielen Bereichen tatsächlich dem Manne ebenbürtig und gleichberechtigt, wenn auch oft nur auf dem Papier. Aber es gibt heute Gesetze, die Frauen und Männer mit gleichen Rechten ausstatten.

Das Problem liegt hauptsächlich darin, dass die meisten Männer noch nicht erfasst haben, dass auch <u>sie</u> ihr Selbstbild, <u>ihr</u> Selbstverständnis ändern müssen.

Vor 5.000 Jahren hatten Frauen keine Argumente.

Aber heute ist das anders.

Die heutigen Frauen haben gelernt, ihren Verstand, ihren Intellekt zu gebrauchen. Sie sind auf dem allerbesten Weg, eine neue Realität zu erschaffen, in der sowohl Verstand als auch Herz gleichwertige, ebenbürtige Partner sind.

Männer tun sich in der geistigen Evolution viel schwerer als Frauen.

Das ist doch nicht mein Problem!

Sollen sie doch ihren geistigen Hintern bewegen und an sich arbeiten.

Doch! Es ist auch dein Problem. Und ja, es stimmt, dass Männer aktiv werden und sich in die gleiche Richtung entwickeln müssen.

Aber sie brauchen die Hilfe der Frau. Frauen sind fähig, ihnen zu zeigen, wie sie mit ihren Gefühlen umgehen können. Frauen sind die Fähigeren, wenn es darum geht, Gefühle und Logik <u>miteinander</u> zu verknüpfen. Leitet Männer an, ihre emotionale Seite, ihre weiblichen Persönlichkeitsanteile, anzunehmen, statt sich vor ihnen zu fürchten.

Pah!

Diese aufgeblasenen Machos halten sich doch für allwissend, allmächtig und immer im Recht! Denen kann niemand etwas beibringen. Schau dir diese widerlichen Schnösel an, die auf ihren Chefetagen am grünen Tisch über Mitarbeiter reden, als wären sie Marionetten, die nur zu funktionieren haben. Ihr >Gott-des-Geldes< verlangt Kostenabbau, Stellenabbau, Rationalisierungen. Für mich das lächerlichste Wort ist – Umstrukturierung. Das war schon immer die heuchlerische Umschreibung von… Menschenverachtung!

Aber Hallo! Da sind aber Energien in dir gespeichert, die nicht gerade für Wohlwollen und Verständnis sprechen. Ist hier Wut, Ärger und Ohnmacht zu erkennen?

Da kannst du einen drauf lassen! Schau dir die Welt an! Überall führen sich die aufgeblähten, anmaßenden und eitlen Staatsoberhäupter, wie die heutigen Stammesführer genannt werden, auf, als wären sie mit einer Macht ausgestattet, die jegliche Verantwortung ausklammert. Das ist für mich Größenwahn! Und denen soll ich als Frau den Umgang mit Gefühlen beibringen? Du hast sie nicht mehr alle!

Auf den ersten Blick scheint es so, meine Liebe. Das Problem, über das wir hier sprechen ist weltumspannend. Es zeigt sich überall. Die meisten Frauen werden auf der ganzen Welt diskriminiert, benachteiligt, unterdrückt, misshandelt, ausgebeutet, vergewaltigt und… getötet. Und das alles nur…

weil sie Frauen sind, vor denen sich die meisten Männer fürchten: Weil sie sich ihnen ausgeliefert sehen; weil sie glauben, von ihnen abhängig zu sein; weil sie fest davon überzeugt sind, dass Frauen ihnen das vorenthalten würden, was sie brauchen. Sie sind überzeugt, dass Frauen niemals freiwillig das geben, was Männer wollen. Frauen – so glauben diese Männer – können nur mit den ihnen bekannten Mitteln in Schach gehalten, kontrolliert werden. Und das tun sie, wenn nötig, mit Gewalt.

Was für Idioten!

Verurteile sie nicht, Eva. Schau dir das Prinzip an, das dahinter steht.

Warum sollte ich?

Weil es dich ganz persönlich betrifft. Du bist – in diesem Augenblick – beteiligt! Du liegst hier auf dieser Wiese – brutal misshandelt, vergewaltigt und schwer verletzt. Versuche, das Prinzip zu begreifen! Du hast die Fähigkeit, das, worum es <u>wirklich</u> geht, zu erfassen, zu begreifen. Was sollen die Frauen in Indien, Südamerika oder im afrikanischen Kraal erst tun? Sie leben noch in einem Zeitalter, das hier schon längst vorbei *ist. Wer von diesen Frauen kann lesen, schreiben, hat eine Ausbildung?*

Oh Mann! Ich bin selbst nicht in der Lage, mir zu helfen. Wie soll ich es für Frauen im afrikanischen Kraal können? Mein Hemd ist mir im Moment echt näher als die Hose der anderen.

Und das sagst du? Die, die gerade hautnah erlebt, was das ‚zweierlei Maß' für die Wirklichkeit der Frau bedeutet? Die gerade zwischen Leben und Tod pendelt?

Eben! Statt mit mir über die Maßstäbe der Welt zu palavern, solltest du schleunigst Hilfe holen, damit ich überlebe. Hörst du? ÜBERLEBE!!!

Mach dir da keine Gedanken. Ich sagte bereits – Du bist in einem Zwischenreich gelandet. Dem Zwischenreich von Leben und Tod. Hier sind die Gesetze der Welt außer Kraft gesetzt. Hier gibt es keine Zeit mehr. Das ist ausschließlich eine irdische Einrichtung.

Jetzt mal gaaanz langsam.
Ich liege also auf einer Waldlichtung, wurde zusammengeschlagen, vergewaltigt und mit Messerstichen so lange malträtiert, bis ich bewusstlos wurde. Das Ganze hat mich aber

nicht umgebracht, sondern mich in ein Zwischenreich befördert, in dem die Zeit keine Rolle mehr spielt.

Und jetzt erzählt mir eine Stimme, dass das alles damit zu tun hat, dass die Menschheit glaubt, zweierlei Maß, mit denen Männer und Frauen gemessen werden, sei gerechtfertigt.

Und das alles, weil eine urzeitliche Göttin in ihren Augen Mist gebaut hat, und die von einem ebenso urzeitlichen Rachegott jetzt bestraft werden muss. Das lassen die Männer, als Geschöpfe des Rachegotts, an Frauen, den Nachfolgerinnen von Inanna, ohne Skrupel aus.

Tja, was soll ich dazu noch sagen?

Das IST der Wahnsinn!

Wenn du schon bei der Zusammenfassung deiner derzeitigen Situation bist, dann fasse am besten gleich mit zusammen, was du durch das bisherige Gespräch erfahren hast – und zwar von mir.

Ja, du hast recht. Warum nicht den ganzen Wahnsinn auch noch begründen? Okay.

Es geht um die Macht der Frau. Um meine jetzige Situation zu begreifen, muss ich meinen Intellekt zum Schweigen bringen. Stattdessen soll ich auf eine unbekannte Stimme hören, die ich normalerweise nicht zu Wort kommen lasse. Den Widerstand, den ich immer noch spüre, das zu tun, soll ich aufgeben. Soweit richtig?

Keine Einwände.

Gut. Der Widerstand kommt aus meinem Inneren. Und wenn ich den Widerstand nicht aufgebe, verschwinde ich wieder in der Bewusstlosigkeit.

Stopp! Das hast du falsch verstanden. Bewusstlosigkeit oder Ohnmacht ist ein Mechanismus, eine Funktion aus dem Unterbewusstsein, die dich vor den Gefühlen schlimmer Erlebnisse schützen soll.

Dieser Mechanismus, diese Funktion aus dem Unterbewusstsein, soll dein <u>körperliches</u> Überleben sichern. Für dein körperliches Überleben ist es unabdingbar, dass du im seelischen Gleichgewicht bleibst. Das Unterbewusstsein des Menschen hat mehrere Möglichkeiten, mit schlimmen, lebensbedrohlichen Situationen umzugehen. Es gerät in einen Schockzustand. Es kann zu einer Teil-Amnesie greifen, die eine ganz spezielle Erfahrung so tief im Gedächtnis begräbt, dass der- oder diejenige sich daran nicht mehr erinnert. Der Betreffende kann vollständig den Zugriff auf sein Gedächtnis verlieren. Und er kann von seinem Ableben Gebrauch machen. All diese Mechanismen liegen in seinem Unter-

bewusstsein – und sind vom Betreffenden nicht bewusst steuerbar. Hier spielt der irdische Wille keine Rolle mehr. Hier endet seine Macht.

Ja, das sagtest du bereits. Der menschliche Wille, im Kopf, ist gar nicht sein Wille, sondern nur ein Pseudo-Wille. Du sagst, dass der wirkliche Wille im Herzen, also bei DIR angesiedelt ist. Danach hast du mich an meine Gefühle geführt. Im Zusammenhang mit deiner Weltfremdheit hast du mir erzählt, dass ich kein Opfer bin und es auch keinen Täter gibt.

Dann hast du mir was vom Universum und dem Neuen Testament erzählt. Schließlich hast du behauptet, dass ich mehr wüsste, als mir klar ist. Nicht zu vergessen: der Glaube, der Berge versetzt.

Bei deinem Hinweis, meine Feinde zu lieben, empfand ich heftigste Abwehr.

Deine Überlegung, die Welt zu verändern, lehne ich immer noch ab. Das ist mir eine Nummer zu groß.

Am Ende sind wir wieder dabei gelandet, dass Menschen mit zweierlei Maß messen und ich dazu gehöre.

Sag mal, hast du einen an der Klatsche? Wer soll denn diesen ganzen Quatsch glauben? Bist du ein Guru, der in dem von dir behaupteten Zwischenreich auf neue Anhänger wartet? Welche, die auf dein Gelaber reinfallen?

Ich höre nichts.

Na? Hat es dir die Sprache verschlagen?

…

…

…

Oh, nein!!!

Die schwarzen Punkte tanzen wieder vor meinen Augen.

Warte!!!!

So habe ich das nicht gemeint….

Zu spät!

…

Die Kröte zieht sich zurück…

… unaufhaltsam!

*

*

*

Kapitel 4

Wo bin ich?

Hatte ich das nicht schon oft genug?

Da ist wieder dieses Kichern.

Mist!

Ja, jetzt erinnere ich mich.

Okay. Ich hab das wirklich nicht so gemeint. Glaubst du mir das?

Keine Reaktion.

Was soll ich jetzt machen?

Machen? Ich kann gar nichts machen. Wie soll das ohne Körper funktionieren?

He! Du da. Hörst du mich?

Ich bin nicht taub.

Na, Gott sei Dank. Sag mal, wie heißt du eigentlich? Ich habe keine Lust, mir irgendeinen Namen auszudenken.

Okay! Ich heiße Eva. Ich bin dein anderes Ich. Das, was du <u>wirklich</u> bist.

Waaas? Echt? Das ist kein Stuss?

Na, das ist ja krass.

Nun... alle Menschen auf Erden haben scheinbar zwei Ichs. Einer unserer großen Dichter hat das schon erkannt. Goethe formulierte:

Zwei Seelen wohnen, ach! in meiner Brust,
die eine will sich von der andern trennen.
Die eine hält in derber Liebeslust
sich an die Welt mit klammernden Organen. die andre hebt gewaltsam sich vom Dust
zu den Gefilden hoher Ahnen.

Für die Zeit des Erdenlebens verfügen Menschen über ein Ich, das für das körperliche Überleben zu sorgen hat. Hier, auf Erden, entspricht es dem animalischen Teil aller irdischen Lebewesen. Im Gegensatz dazu, also das, was ihn von Tieren unterscheidet, steht der andere Teil: Das Wissen um seine wirkliche Herkunft – die geistige Welt, sein Inneres. Die einzige Frage, die sich stellt: mit welchem seiner beiden ‚ICHs' identifiziert sich ein menschliches Individuum?

Zu welchem seiner beiden Teile sagt er ‚Ich'? Reduziert er sich auf das Körper-Ich, reduziert er sich auf den Stand des Tieres. Will er <u>mehr</u> als nur ÜBER-leben, das heißt... LEBEN, muss er über die animalische Begrenzung hinausgehen – hin zu seiner Seele.

Aber… wieso? Wenn er beide hat, kann er sich doch auch mit beiden identifizieren. Deshalb hat er ja zwei, oder?

Offensichtlich hast du nicht richtig zugehört, meine Liebe. Die beiden haben jeweils ein Ziel, das sich zunächst, zumindest auf den ersten Blick, nicht miteinander vereinbaren lässt. Anders ausgedrückt: das eine Ich will zum Südpol, das andere zum Nordpol. Und <u>du</u> entscheidest, wo du hinwillst, wem von den beiden du folgst. Du hast kein unabhängiges Ziel. Es gibt nur diese beiden Führer, die jeweils ein entgegengesetztes Ziel haben. Und du hast nur die Wahl, welchem Führer du <u>folgst</u>. Betrachte deine beiden Ichs als Reiseführer. Reiseführer auf deiner Lebensreise. Du kannst nur WÄHLEN, welchem Reiseführer du folgst. Du kannst nur EINEN wählen.

Moment mal! Ist das nicht völlig schnuppe? Am Ende sterben wir alle ohnehin. Also… was soll das? Ob ich am Südpol oder am Nordpol sterbe ist doch letztlich egal.

Grundsätzlich hast du recht. Allerdings… sterben wird nur der Körper! Und damit auch dein Körper-Ich. Das andere Ich, deine Seele, ist unsterblich. Sie strebt – wie Goethe meinte – in die Gefilde hoher Ahnen. Was ist das anderes als in das Reich des ewigen Lebens? Es ist NICHT egal, ob du am Nord- oder *am Südpol stirbst. Denn... je nachdem, welches Ziel du anstrebst, danach richtet sich deine Route, die <u>Erfahrungen</u>, die du auf deinem Reiseweg, in deinem Leben, machst. Das Ziel an sich ist tatsächlich unbedeutend. Der Weg selbst ist das <u>eigentliche</u> Ziel, weil es dir jeweils andere Erfahrungen liefert.*

Machst du dich auf den Weg zum Nordpol, wirst du, je nach Jahreszeit, durch die Kälte marschieren. Durch viele Gegenden, in denen du keiner Menschenseele begegnest. Du wirst das Alleinsein kennenlernen und vielleicht die Schönheit der Natur bewundern. Du wirst Einsiedlern begegnen, die sich von der Welt der Hektik und des Lärms zurückgezogen haben. Es kann auch sein, dass Du auf eine Männergruppe aus Jägern triffst, die Tiere schießen, um sich zu ernähren und deren Pelze sie für Kleidung brauchen.

Gehst du in Richtung Südpol, musst du durch die Sahara, den Äquator überqueren – mit seinen Regenwäldern, in denen sich Schlangen, Skorpione und Riesenspinnen tummeln. Und da es im irdischen Leben um <u>Erfahrungen</u> geht, entscheidest du letztlich darüber, welche Erfahrungen auf deinem Lebens- sprich Reiseweg du machen <u>willst</u>. Da das ganze Leben ein Erfahrungsweg für die Seele ist, geht es um den Weg, nicht das Ziel. Oder... der Weg der Erfahrungen ist das Ziel, nicht der Ankunftspunkt.

Und? Ich bin im Moment aber hier. Hier auf der Erde. Was macht es also in diesem Moment für einen Unterschied, zu wem ich ‚Ich' sage? Meine <u>beiden</u> Ichs liegen gemeinsam hier auf der Wiese.

He! Wieso lachst du schon wieder?

Entschuldige bitte. Dass ausgerechnet du diese Frage in genau diesem Moment stellst, erheitert mich. Du stehst nämlich gerade an der Kreuzung zwischen Leben und Tod. Und du stehst genau deshalb an dieser Kreuzung, damit du deine bisherige Entscheidung von ‚wer-du-bist' – Deine ‚Ich-Wahl' überprüfst.

Du bekommst die letzte Chance, eine <u>andere</u> Entscheidung zu treffen als bisher. Du hast ganz eindeutig nicht begriffen, dass alles, was du in deinem irdischen Leben erfährst, dir die Möglichkeit gibt, dein Ziel und deinen <u>Weg</u> zu hinterfragen, deine Identität, dein gewähltes ICH als <u>Urheber</u> deiner Erfahrungen überprüfst.

Warum? In Gottes Namen… warum? Warum ist das so schrecklich kompliziert? Außerdem… Wieso eine… letzte Chance?

Kannst du dir das nicht denken? Jeder Mensch hat zu jedem Zeitpunkt seines Lebens die Wahl, wer er sein will, für *welches Ich er sich entscheidet. Jeder Mensch, von Sekunde zu Sekunde MUSS diese Wahl treffen. DIESE Entscheidung, DIESE Wahl bestimmt Deinen Lebens<u>weg</u>, Deine Erfahrungen, die du auf diesem Weg machst. Und DU, meine Liebe, machst gerade, in diesem Augenblick, die Erfahrung, dass es MEHR gibt, als nur das irdische Dasein, das Körper-Ich.*

Du brauchtest offensichtlich einen drastischen Tritt in den Hintern, um deine bisherige Wahl zu überprüfen.

Du stehst an einer entscheidenden Lebenskreuzung, begegnest deinem anderen Ich, nämlich MIR, um die Chance zu wählen, wahrhaftig zu LEBEN.

Immer wenn du unangenehme oder unerwünschte Erfahrungen machst, solltest du gründlich prüfen, ob du dich auf dem von MIR gewählten Lebensweg befindest oder den Anweisungen des Körper-Ichs folgst.

Wow!

Ja... Wow! Ich bin die unsterbliche Eva, nicht die, die sterben KANN. Ich habe es in der Hand, dir das Leben zu ermöglichen, das mit Liebe, Freude, Güte und Wohlstand einhergeht. Deinem sterblichen ICH geht es ausschließlich um das körperliche ÜBERLEBEN. Von Geduld, Fürsorge oder MITEINANDER hat es keinen blassen Schimmer. Dafür ist es nicht zuständig. Es soll dich vor körperlich gefährlichen Situationen warnen. Sein Mittel dazu ist: Angst. Angst ist IMMER vom körperlichen ICH. Das ist das einzige Mittel, das ihm zur Verfügung steht, seinen Job zu machen.

Zu glauben, du wärest ein körperliches ICH, also… dass es das ist ‚wer-du-bist' reduziert dich auf die Existenz des Tieres. Das habe ich dir jetzt wirklich hinreichend erklärt, oder?

Ich wiederhole: Dem Körper-Ich geht es ausschließlich ums <u>ÜBERLEBEN</u>, dem wirklichen ICH, also MIR, geht es darum, dass du Freude, Fröhlichkeit, Liebe und Freiheit <u>e r f ä h r s t</u>.

Na, das ist ja ein Ding! Wenn das so ist wie du sagst, warum hast du dich in meinem bisherigen Leben nicht gezeigt? Weshalb hast du dich versteckt? Wozu diese Geheimniskrämerei? WOZU?

Irrtum, meine Liebe. Ich habe mich keineswegs versteckt, Es gibt für mich keine Geheimniskrämerei. Als jemand, der nach dem Ebenbild der Göttin erschaffen wurde, dränge ich mich allerdings nicht auf.

Im Gegenteil!

Es geht darum, dass du lernst, deinen <u>freien Willen</u> zu gebrauchen. Und anhand der Folgen deiner Wahl erfährst du, für welches ICH du ihn eingesetzt hast. Wenn dich die Folgen glücklich machen, du Freude empfindest und das Leben *führst, das du dir wünschst – DANN mach weiter, dann hast du MICH als dein Ich gewählt.*

Falls nicht, wenn du also ein Leben führst, das dir Frust, Ärger oder Unglück einbringt – triff die Entscheidung für dein <u>anderes</u> ICH – d.h. für MICH.

Ich verstecke mich nicht. Das habe ich nicht nötig. Ich bezeuge, dass DIR die freiwillige Entscheidung zufällt. Ich garantiere, dass der FREIE WILLE frei BLEIBT. Du musst mich willkommen heißen. Ohne dein Willkommen, bin ich von dir nicht erwünscht und… muss geduldig warten.

Irgendwie geht mir das nicht so recht in die Birne. Das hört sich schrecklich kompliziert an. Auch… irgendwie… wie ist es möglich, dass so wenig Menschen diese Zusammenhänge kennen? Nichts davon wissen?

Das kommt dir so vor, weil der Intellekt des Menschen diese Zusammenhänge nicht erfassen kann. Dazu ist er zu klein.

Wenn es wirklich so ist, wie du sagst, wieso treffen die Menschen keine andere Wahl? Weshalb entscheiden sie sich für das körperliche ICH?

Das ist eine treffliche Frage. Stell sie dir selbst: Warum entscheide ICH MICH für das animalische ICH?

Mir fällt nichts ein. Ich finde keine Antwort darauf.

Dann frage dich: Welches ICH hat gerade gesprochen? Welches ICH hat soeben behauptet, es fände keine Antwort?

Na, ich. Wer sonst?

Oooh, ich verstehe! Nun… wie kann ich das eine ICH vom anderen unterscheiden?

Jetzt hast Du begriffen! Das ist die alles entscheidende Frage. Ich kann dir gern den Unterschied darlegen. Möchtest du?

Ja, BITTE!

Du kennst das Neue Testament, stimmst?

Ja, aber ich hab dir auch und das mehrfach gesagt, was ich von den Himmelskomikern halte. Lass mich mit denen in Ruhe. Bitte!

Auch hier solltest du unterscheiden, meine Liebe. Die Lehre Christi ist nicht mit den Dogmen, den Interpretationen der institutionalisierten Konfessionen zu verwechseln. Noch weniger mit denen, die diese Lehre zu Machtzwecken und zur Ausbeutung verfälscht, verdreht und missbraucht haben.

Um zurück auf deine Bitte zu kommen… jedes Mal, wenn du ‚ich' sagst, hast du bereits eine Wahl getroffen, hast du ein ICH gewählt. Bei den meisten Menschen läuft dieser Prozess automatisch ab. Sie sind sich dessen nicht bewusst. Und das ist beabsichtigt – systembedingt!

Wenn ich könnte, würde ich jetzt die Augen verdrehen. Systembedingt? Was heißt das jetzt wieder? Warum ist das so? Warum reduzieren wir uns selbst auf dieses Körper-Ich? Und dann auch noch mit Absicht? Wenn ich das, was du bisher gesagt hast als wahr annehme, ist das echt bescheuert!

Nein, Eva. Die Sache ist ziemlich einfach. Eine Seele, die sich entscheidet, als Mensch geboren zu werden, geht eine Vereinbarung ein. Und die lautet: wenn ich als Mensch geboren werde, vergesse ich, wer ich in Wirklichkeit bin.

Das macht doch überhaupt keinen Sinn. Wozu soll das gut sein? Das ist doch ausgemachter Bockmist. Warum sollte ich eine solch blödsinnige Vereinbarung eingehen?

Dazu musst du wissen, dass es in jedem Leben darum geht, sich seiner wahren Identität noch ein bisschen <u>bewusster</u> zu *werden. Das Leben – egal wie viele Inkarnationen du schon hinter dir hast – ist ein Bewusstwerdungsprozess. Und jedes Leben dient dazu, dem Ebenbild Gottes ein Stück näher zu kommen: Im Denken, im Reden, im Fühlen, im Handeln.*

Irgendwie finde ich das fast schon pervers. Ich liege auf einer Waldlichtung im Sterben. Und du redest mit mir, als wäre das alles unwichtig. Als ginge es hier nur um eine philosophische Plauderei. Mann, ist das krass! Dieser Gott, von dem du hier redest, dieser „Man-of-the-Universe" hat offenbar einen ausgeprägten Sinn für schwarzen Humor.

Na klar! Er oder sie hat ja den Humor erfunden!

Nun aber im ernst. Auf der Erde leben wir in einem System der <u>Relativität</u>. Das bedeutet, dass du dich nur über dein Gegenteil definieren kannst. Ohne klein gäbe es kein groß, ohne heiß kein kalt, ohne dick kein dünn usw. usf.

Ohne ein Gegenteil könntest du dich weder definieren noch erkennen. Man könnte auch sagen: in der Abwesenheit dessen, was du <u>nicht</u> bist, <u>bist</u> du nicht.

Wie könntest du wissen und erfahren, dass du groß bist, wenn es niemanden gäbe, der klein ist. Wenn es keine Männer gäbe, woher könntest du dann wissen und erfahren, dass du eine Frau bist? Du BIST nur existent in Relation zu etwas,

was du <u>nicht</u> bist. Und – ich erinnere dich – das Leben ist ein Prozess, in dem du das erkennen und <u>erfahren</u> kannst.

Um es dir bewusst machen zu können, brauchst du einen freien Willen, einer mit dem du wählen kannst, welche Charaktereigenschaften du leben <u>willst</u>, nach welchen Werten du dein Leben erschaffen <u>willst</u>. Siehst du, dass du nur wählen kannst, wenn es zwei „Parteien" gibt? Siehst du, dass zwei Ichs tatsächlich systembedingt sind, damit du <u>freiwillig</u> die Eigenschaften der höheren Instanz wählen kannst?

Mann! Ist das schwere Kost.

Geht es nicht ein bisschen einfacher?

Das scheint alles so… schwierig, so anstrengend zu sein.

Hallo?! Du befindest dich immer noch zwischen Leben und Tod. Es geht immer noch darum, dass du dich endlich für das <u>Leben</u> entscheidest! Die Frage ist nur: für eine kurze, irdische Inkarnation im Körper-Ich <u>oder</u> das E W I G E Leben der Seele. Der kurze Übergang vom irdischen zum ewigen Leben, also das, was die Menschen als Tod bezeichnen, ist vom seelischen Standpunkt aus betrachtet, gänzlich unerheblich. Der Sinn des irdischen Lebens – das habe ich dir nun wirklich hinlänglich erklärt – ist, das, was du als Seele <u>weißt</u>, zu ERFAHREN!

Mann, gehst du mir auf den Zeiger! Das habe ich kapiert. Hörst du? Ich habe es kapiert.

Nee! Ganz offensichtlich <u>nicht</u>. Du hast dir für dieses irdische Leben, für diese Inkarnation eine Aufgabe gestellt. Du wolltest eine ganz bestimmte Erfahrung machen. Und die, meine Liebe, hast du noch nicht gemacht. Du hast deine von deiner Seele selbst gestellte Aufgabe noch nicht erfüllt.
Du willst die Stärke, die Macht und die Liebe <u>erfahren</u>, die dem weiblichen Persönlichkeitsanteil innewohnt.

Ach du Schei… benkleister! Wenn ich aber doch nicht weiß, welche Erfahrung ich machen wollte – von wegen Vergessen – … wie kann ich das jetzt, in *diesem* Augenblick entscheiden?

Liebste Eva! Genau deswegen bin ich hier. Genau deswegen greife ich ein. Vertraue mir einfach. Hör auf, dich gegen das, was ich dir sage, zu wehren. Beende deine ewige Diskutiererei, deine Argumentiererei beiseite. Leg dein Misstrauen beiseite. Jeder Mensch – ob Mann oder Frau – kommt in der Mitte seines Leben, ungefähr um die 40 Jahre, an einen Wendepunkt im Leben, an dem sein wahres ICH in sein Bewusstsein treten will. Meist sind unerfreuliche Erfahrungen, leidvolle Erfahrungen die Auslöser für diese gravierende Veränderung.

Ich merke, wie mein innerer Widerstand schmilzt. Irgendwie spüre ich, dass diese Stimme es gut mit mir meint, auch wenn ich nicht wirklich kapiere, was gemeint ist.

Okay. Was muss ich jetzt tun?

Nun ja – deine Handlungsfähigkeit ist im Augenblick ziemlich eingeschränkt. Deshalb empfehle ich dir: hör mir zu. Lass die Dinge, die ich dir sage, in dein Inneres hinein. Im Moment ist es wichtig, dass du mir geistig folgst.

Einverstanden. Aber ich darf sagen, wenn ich dir nicht folgen kann, oder?

Du kannst jederzeit alles sagen – <u>nur</u>... höre dir selber zu! Nimm wahr, was du von dir gibst. Erkenne, aus welchem Ich du redest, welche Überzeugungen du hast.

Ich bleibe bei den beiden Ichs, denn es ist der Schlüssel zum Glück.

Es ist auch der Schlüssel zum Verständnis, warum wir auf der Erde sind, was wir hier alles veranstalten, und... warum die Welt sich in diesem derzeitigen Chaos befindet.

Moment! Ich dachte, es geht um mich, nicht um die Welt.

Die Kiste mit der Welt ist mir echt eine Nummer zu groß.

Das eine ist aber vom anderen nicht zu trennen. Glaubst du, dass du und die Welt nichts miteinander zu tun haben? Glaubst du, dass nur <u>du</u> wissen willst, warum dir die Dinge in deinem Leben passieren, die geschehen? Nein, Eva. Dein Schicksal ist das Schicksal aller Menschen auf Erden. Hast DU die Antwort, dann haben auch alle anderen die Antwort.

Dann geht es nur noch darum, dass du dein Wissen mit ihnen teilst. Schreibe zum Beispiel ein Buch. Du weißt nicht, wer dein Buch liest und gerade in dem Moment seines Lesens, die Antwort für ein individuelles Problem findet.

Weißt du was? Das ist mir eigentlich egal. Ich habe nicht das Ziel, die Menschheit zu retten. Es würde mir vollkommen ausreichen, wenn der Notarzt käme und für <u>mein</u> Überleben sorgt, <u>mich</u> rettet.

Hatten wir das nicht schon? Welches deiner beiden Ichs hat gerade gesprochen?

Ach ja… das war eindeutig mein Körper-Ich. Und ich stimme dem absolut zu! Es hat ja auch in diesem Augenblick seine Berechtigung, oder?

Nein, Eva. Um das beurteilen zu können, brauchst du das Wissen, welche Aufgaben die beiden Ichs haben. Dein Körper-

Ich, soll dein körperliches Überleben sichern. Aber... zu welchem Zweck?

Sag ich doch! In diesem Augenblick ist mein Überleben ja in größter Gefahr. Also sollte ich ihm folgen, oder?

Dann sag mir, was ich, als dein Geistiges-Ich, für eine Rolle in deinem Leben spiele?

Woher soll ich das wissen?

Eben! Das Körper-Ich hat keine Ahnung, welche Rolle das Geistige-Ich spielt. Aber... die Seele, dein Geistiges-Ich, kann dir sagen, was seine eigene __und__ die Rolle des Körper-Ichs sind.

Und?

Jetzt kannst du erkennen, dass du, wenn du im Körper-Ich bist, ohne mein Wissen, die Antwort nicht kennst und auch nicht herausfindest.

Ja, okay. Und jetzt?

Ja, und jetzt?

Willst du es mir nicht verraten? Machen wir jetzt ein Ratespiel daraus?

Das ist es! Dein Geistiges-Ich, deine Seele, wird dir sein Wissen <u>niemals</u> ungefragt und ungebeten aufzwingen. Es arbeitet auch nicht mit dem Silbertablett, von dem sich dein Körper-Ich bedienen kann. Du wirst deinen Willen <u>bewusst</u> einsetzen müssen – und mich fragen. Nur auf diese Weise ist garantiert, dass du deinen freien Willen tatsächlich einsetzt. Dir soll bewusst sein, dass dein Wille tatsächlich frei <u>ist</u> und nicht dem Automatismus des Körper-Ichs unterliegt.

Das macht das Leben aber reichlich kompliziert. Warum so umständlich?

Und wieso lachst du schon wieder?

Weil es die Frage aller Fragen ist. Das Körper-Ich ist unwissend – tut aber so, als wäre es allwissend. Nur das Geistige-Ich kann dir die wesentlichen Fragen des Lebens beantworten. Es ist wichtig zu erkennen, dass du nie beide Ichs gleichzeitig befragen kannst. Und damit komme ich zum Kern aller Übel, die die Welt scheinbar im Griff haben.

Die Seele spricht mit dir ausschließlich durch das <u>Gefühl</u>. Es geht ihr ja um die Bewusstwerdung von wer-sie/du-bist. Es geht um <u>Erfahrungen</u>!

Nur deshalb gibt es das Körper-Ich überhaupt. Es soll diesem Zweck <u>dienen</u>!

He? Raff ich nicht.

Dann höre mir ganz genau zu.

Das unsterbliche Geistige-Ich, deine Seele, das alles weiß, entscheidet sich, als Mensch geboren zu werden. Warum? Hier noch einmal ein simples Beispiel als Erklärung: wenn du weißt, wie Cola hergestellt wird, also das Rezept kennst, weißt du trotzdem nicht, wie sie <u>schmeckt</u>. Du musst sie also trinken, um zu <u>erfahren</u>, wie sie schmeckt. Deshalb braucht die Seele einen Körper, durch den sie <u>erfährt</u>, wie Cola <u>schmeckt</u>. Klar?

Ja, ist ja leicht zu verstehen. Wenn ich einen Kuchen backen will, reicht es nicht, das Rezept zu kennen. Ich muss ihn aktiv herstellen und kann ihn dann erst schmecken.

Genau dazu braucht die Seele den Körper – bzw. das Körper-Ich. Die beiden sollen zusammen arbeiten. Dabei hat das Körper-Ich eine Aufgabe zu erfüllen und das Geistige-Ich ebenfalls. Beide dienen am Ende der höheren Instanz, die die Menschen Gott, Allah, Shiva, JWHW und so weiter nennen. Das funktioniert jedoch nur, wenn sich <u>beide</u> auf ihre jeweilige Aufgabe konzentrieren und sie erfüllen.

Eine der wichtigsten Aufgaben der Seele liegt darin, auf diese Weise ihre Macht, ihre Freiheit und ihre Funktion zu erfahren, sich dessen <u>bewusst</u> zu werden! Ich wiederhole: beide haben zu <u>dienen</u>!

Aber dann nutzt die Seele den Körper doch nur aus.
Das ist nicht fair!

Ach, Schätzchen! Ohne das Geistige-Ich wäre die Spezies Mensch nur eine weitere Art des Tierreichs – und das wäre wider die Natur der Evolution.

Und deshalb liege ich im Sterben?

Im Prinzip ja. Der nächste Schritt in der menschlichen Evolution ist längst überfällig. Der Mensch, als Spezies, tut so, als wäre die Erde noch in dem Zustand von vor Tausenden von Jahren. Aber… das ist sie nicht. Der Mensch hat Mutter Natur derart ausgebeutet und misshandelt, dass die Gefahr besteht, dass die Spezies Mensch sich selbst ausrottet, vom Planeten verschwindet. Der Grund: Das Körper-Ich hat noch nicht begriffen, dass nur das Geistige-Ich ihn vor dem Untergang retten kann. Es hat ein Eigenleben entwickelt und will nicht wahr haben, dass es sich dem Ziel des Geistigen-Ichs <u>unterzuordnen</u> hat.

DAS ist der Grund, warum die Erde in einem derart desolaten Zustand ist. In der Hierarchie des Menschseins ist die Seele der Boss, dem sich das Körper-Ich, das Ego, zu fügen hat.

Wow!

Ja, Wow! Das Körper-Ich der Spezies Mensch hat die Aufgabe, die Interessen des Geistigen-Ichs zu unterstützen – nicht zu bekämpfen und schon gar nicht zu missbrauchen oder auszubeuten.

Echt?
Und was hat das jetzt konkret mit mir und meiner Situation zu tun?

Alles!
Das Körper-Ich entspricht dem aktiven männlichen Anteil eines Menschen, seiner Persönlichkeit –das Geistige-Ich entspricht dem weiblichen Anteil eines Menschen, seiner Persönlichkeit. Sowohl Männer als auch Frauen verfügen über <u>beide</u> Anteile. Einfacher ausgedrückt: Männer repräsentieren auf Erden den männlichen Persönlichkeitsan-teil – Frauen repräsentieren auf Erden den weiblichen

Persönlichkeitsanteil. Und das gilt für <u>alle</u> Menschen gleichermaßen!

Du bist in einer Gesellschaft groß geworden, die dieses Wissen noch nicht aufgenommen hat. Das Denken und die Überzeugungen der vorherigen Generationen sind in dir lebendig. Doch jede Generation hat sich weiterzuentwickeln – wie es die Evolution verlangt.

Hmm. Und was heißt das jetzt für mich?
Ich meine – ganz konkret.

Frauen um die vierzig nähern sich dem Klimakterium, der Menopause. Auch Männer spüren eine Veränderung, die häufig Midlife-Crisis genannt wird. In beiden Fall heißt die Botschaft der Natur: Die Zeit der <u>körperlichen</u> Prioritäten – die Spezies zu erhalten – endet und macht Platz für <u>geistige</u> Prioritäten.

Ist ziemlich einfach zu verstehen. Doch ich verstehe die Bedeutung nicht. Also… was bedeutet das?

Es bedeutet, dass für die Betreffenden die Zeit der geistigen Arbeit beginnt. Es geht darum, dass die geistig-seelisch-emotionalen Bedürfnisse des Menschen in den Vordergrund treten. Geht es in den ersten vierzig Jahren des menschlichen

Lebens um die Arterhaltung, dem <u>körperlichen</u> Wachstum der Spezies, geht es in der zweiten Lebenshälfte um das <u>geistige</u> Wachstum... die geistige Evolution.

Ja, das ergibt Sinn. Worin besteht die Schwierigkeit?

Ist das nicht zu erkennen?

In der ersten Lebenshälfte geht die Wachstumsrichtung nach <u>außen</u>. In der zweiten Lebenshälfte, muss die Wachstumsrichtung nach <u>innen</u> führen. Nach innen zu gehen, bedeutet, sich mit dem eigenen Innenleben zu befassen – in erster Linie mit den Gefühlen.

Und davor haben Männer – Angst. Diese Richtung haben sie nie kennengelernt. Es ist in ihrem Leben immer nach außen gegangen. Beruf, Geld verdienen, soziale Kontakte aufrecht zu halten.

Frauen sind es gewohnt, nach innen zu gehen. Das zeigt sich bereits in der ersten Lebenshälfte – in der Sexualität. Männer geben Samen ab, nach außen – Frau nehmen ihn auf und in ihrem Inneren findet die Verschmelzung von Samen und Ei statt.

Ich begreife nicht, was du mir damit sagen willst. Ich sehe keinen Zusammenhang mit dem, was mir heute passiert ist.

Okay. Dann ist es jetzt erforderlich, dass ich noch tiefer in das Thema gehe. In der Sexualität ist der Mann der Aktive, der Gebende, die Frau ist die Passive, die Empfangende.

Sie ist diejenige, die in ihrem Innenleben dem werdenden Leben Raum zum Reifen gibt. Sie ist die Nährende, die dem Fötus alles von sich gibt, damit es gedeihen und sich entwickeln kann. Am Ende ist sie es, die dem Nachwuchs das Leben schenkt.

Die Frau ist von der Natur so erschaffen worden, ihren Lebens-Schwerpunkt auf das Innen zu richten. Leben ist nur möglich, wenn beide – Mann und Frau – ihren Beitrag leisten. Auf körperlicher Ebene Samen und Ei.

Ist die Lebenszeit für die Arterhaltung vorbei, ändert sich die Zielrichtung des Lebens – nicht aber die Funktionsweise der Beteiligten. Noch immer repräsentiert die Frau das Innenleben – der Mann das Leben „draußen".

Kannst du mir folgen?

Ja, natürlich, das ist ja ziemlich einfach zu verstehen. Allerdings habe ich das noch nie in einem solchen Zusammenhang gesehen und erkannt. Und was folgt daraus?

Der Mann, der seine „Arterhaltungspflicht" erfüllt hat, hat sich gleichzeitig ein Leben aufgebaut, in dem der Intellekt die

Hauptrolle spielt. Das hat prima funktioniert. Warum sollte er das ändern?

Aus Sicht der Frau sieht das gänzlich anders aus. Das Leben, das sie sich aufgebaut hat, basiert auf Gefühlen. Nur mit ihrer Liebe zum Nachwuchs konnte sie ihre „Arterhaltungspflicht" erfüllen.

In der Lebensmitte ändert sich das Lebens<u>ziel</u>, weil es um neue <u>Erfahrungen</u> geht, die die Seele machen will.

Frauen, die sich voll und ganz für dieses Lebensmodell entschieden haben, das auf die gemeinsame Verantwortung <u>beider</u> Beteiligten gründet, muss feststellen, dass sie am Ende oft die Betrogene ist. Denn obwohl sie weitaus „mehr Innenleben" in die Gemeinschaft eingegeben hat – von wegen Fortbestehen der Gemeinschaft durch Arterhaltung – und auf eine persönliche Karriere verzichtete, sieht sie sich um Ende ihres Lebens ausgebeutet und bekommt von der Gemeinschaft einen kollektiven Tritt in den Hintern.

Jetzt begreifst sogar du, warum Frauen diese Rolle nicht mehr ausfüllen wollen. Gerade, wenn Frauen dieses Alter von vierzig erreichen, werden sie durch zwanzig Jahre Jüngere ersetzt. Und weil sie zu lange aus dem Beruf waren, finden sie keinen Anschluss mehr.

Das ist wohl wahr. Doch, selbst wenn sie ihr Lebensmodell mit einem Partner fortführen, bekommen sie den Tritt. Stirbt die Frau <u>vor</u> ihrem Mann, bekommt dieser seine volle Rente ausgezahlt. Stirbt <u>er</u> vor der Frau, muss sie sich mit 55% der <u>gemeinsam</u> erworbenen Rente zufrieden geben. Das nenne ich den kollektiven Tritt in den Hintern. Daran ändern auch die Bonus-Zahlungen für Kindererziehungszeiten nichts.

Ja, es ist eine ungeheuerliche, maßlose Menschenverachtung, die Frauen ertragen müssen, denen das Wohl der Kinder mehr bedeutet als die persönliche Karriere. Und der Staat lacht sich ins Fäustchen. Wer profitiert denn von dieser Regelung?

Ja, meine Liebe, der >Gott-des-Geldes< ist unbarmherzig, gnadenlos, gewissenlos. Das ist so! Warum darüber aufregen? Je mehr du dich darüber aufregst, desto wohler fühlt er sich. Damit nimmst du ihn ernst. Damit nimmst du ihn wichtig. Du siehst nicht, wie ohnmächtig er in Wahrheit ist.

Der >Gott-des-Geldes< ist nur eine Erfindung des Menschen, der glaubt, dass alles im Leben käuflich ist. Die Existenzgrundlage des >Gott-des-Geldes< <u>ist</u> die Menschenverachtung. Achtung, Respekt, Wertschätzung – für den >Gott-des-Geldes< bedeutungslos.

Doch bedenke… OHNE den >Gott-des-Geldes< gäbe es keine Entscheidungsfreiheit, einen anderen zu <u>wählen</u>.

Warum glauben wir alle an den >Gott-des-Geldes<?

Er hat die ganze Welt im Griff. Alles dreht sich nur noch um ihn. Warum? WARUM?

Weil er die unendliche Macht des Geistes im Menschen angezapft hat – in Form des <u>Glaubens</u> an ihn. Der >Gott-des-Geldes< ist nur eine Idee, dem Menschen Glauben geschenkt haben. Erinnere dich... seine Existenz begann mit Besitzansprüchen! Er versprach ihnen, dass er ihnen, Gesundheit, Reichtum, Freude und Glück bringt – sofern sie ihm blind vertrauen. Es ist „nur" der Glaube an diesen Gott, der ihn mächtig gemacht hat. Alle Menschen glauben daran, haben es für wahr angenommen. Wir sind wieder bei der unendlichen Macht der menschlichen Überzeugungen, mit denen sie ihr Leben <u>erschaffen</u>.

Aber wir haben doch gar keine andere Wahl, als das zu glauben. Wir erleben es doch Tag für Tag.

Hast du vergessen... <u>Zuerst</u> ist es der Glaube – daraus <u>resultiert</u> die Erfahrung! Und... BEGREIFE... auf Erden brauchen wir ein Gegenteil von dem, was wahr ist. Ohne Lügen, Illusionen und Fantasien können wir die Wahrheit nicht erkennen und erfahren! Wie sollen wir den wahren

Schöpfer erfahren, wenn es keinen „Gegenspieler" gibt? Das Gegenteil von Wahrheit heißt Illusion!

Mein Gott! Es ist so!
Ist es wirklich so einfach?

Geld ist eine Erfindung des menschlichen Geistes – im männlichen Anteil. Nachdem die Jagdnotwendigkeit wegfiel (nach der Sesshaftigkeit), gab es – im Winter – nichts zu tun. Vor lauter Langeweile musste der arme Kerl etwas <u>erfinden</u>, das ihm Wichtigkeit verlieh – <u>außerhalb</u> seiner Arterhaltungspflicht. Also – stürzte er sich auf das, was seinen Fähigkeiten entsprach und setzte den Gott des Intellekts auf einen Thron <u>vor</u> dem Gott des Herzens.

Den Thron des Herzens kann er nicht besteigen, denn was die höhere Instanz erschaffen hat, kann auch der Intellekt nicht ändern.

Also blieb dem >Gott-des-Geldes< nur übrig, das Herz an seiner Entfaltung zu hindern.

In der Folge richtete er seine ganzen Energien darauf, sich als Gott überall sichtbar zu machen! Die „Verkaufsstrategie" war sehr erfolgreich, oder?

Deshalb verroht unsere Gesellschaft!
Deshalb werden Frauen nicht wertgeschätzt!

104

In der Welt des >Gott-des-Geldes< soll ja gerade die Herzensbildung verhindert werden. Und die Frau steht für die Liebe, die Herzensbildung, das Wir.

Wie erfolgreich der >>Gott-des-Geldes<< mit seiner Strategie war, kannst du ganz leicht feststellen. Er hat sich den Intellekt ausgesucht, auf dem er seine ganze Macht aufgebaut hat.

Das gesamte, heutige Ausbildungssystem basiert darauf, intellektuelle Fähigkeiten zu entwickeln. Im Studium und in der Ausbildung thront er über alle Inhalte, die er allein kontrolliert. Im Berufsleben – mittlerweile ist die intellektuelle Dominanz im Heranwachsenden bereits gesichert – geht es nahtlos weiter. Die Bereiche des Intellekts: Schulabschluss (vom Staat, auf intellektuelle Fähigkeiten begrenzt, <u>vorgeschrieben</u>), Ausbildung (vom Staat, auf „fachliche" = intellektuelle Fähigkeiten begrenzt, <u>vorgeschrieben</u>), Berufsleben (vom Gewinnstreben nach den Gesetzen des >>Gott-des-Geldes<<, angetrieben) auf fachliche Fähigkeiten begrenzt, <u>vorgeschrieben</u>. Nach dem Berufsleben ist der Mensch für den >>Gott-des-Geldes<< nur noch als Konsument interessant. Ansonsten wird er in Alten- oder Pflegeheime abgeschoben – ein sehr lukrativer Zweig im Wirtschaftsleben. Die Jüngeren in der Familie hetzen noch den unbarmherzigen Anforderungen des >>Gott-des-Geldes<<

hinterher. Für die Älteren bleibt kaum Zeit. Die Herzensbildung ist in den meisten Bereichen des Lebens von der Bildfläche verschwunden.

Weißt du, dass ich deine Sichtweisen kaum noch ertragen kann? Die Ungeheuerlichkeiten, die du aussprichst, bringen mich derart in Rage, dass meine Wut explodieren will.

Gemach, meine Liebe, gemach. Das ist der >>Gott-des-Geldes<< nicht wert. Ich sehe ihn als das, was er ist: ein <u>Ersatz</u> für die wirkliche Macht, die uns von unserer Schöpferin, von Mutter Natur, gegeben wurde. Der >>Gott-des-Geldes<< ist nur eine Einbildung, ein Hirngespinst, eine Illusion, dem es derzeit richtig an den Kragen geht. Er ist lediglich ein intellektuelles Spielzeug, das Menschen davon abhalten soll, zu <u>fühlen</u>. Nein, sie sollen keine Zeit haben, sich um ihr Inneneben zu kümmern. Sie müssen <u>unbedingt</u> im äußeren Laufrad bleiben, wie es vom Intellekt unbarmherzig verlangt wird. Bloß keine Gefühle zulassen!

Es macht mich fassungslos, das Leben auf Erden so zu betrachten. Ja, fassungslos und traurig.

Ja, die Wahrheit ist nicht immer rosig. Aber… sie ist IMMER heilsam. So wie ich es beschrieb, liefert sie auch die

Antworten auf viele, derzeit immer sichtbarer werdende Folgen des Denksystems: Die zunehmende Verrohung in der Gesellschaft, steigender Drogenkonsum, Unterdrückung, Misshandlung und Morde an Frauen und Kinder.

Wie können wir diesem Moloch entkommen? Diesem … wahnsinnigen System? Es hat doch die ganze Welt im Griff!
Da scheint es kein Entrinnen zu geben.

Die Menschheit steht jetzt vor dem Schritt: Weg von der intellektuellen Gewichtung – hin zur gefühlsmäßigen Gewichtung. Wir Menschen haben so viele Kriege, Kämpfe und Gewalt im Laufe der Jahrtausende erfahren, dass das Denk- und Glaubenssystem uns jetzt an den Rand der Selbstvernichtung gebracht hat. Wir haben als Spezies nichts aus unserer Historie, unseren gemachten Erfahrungen gelernt. Wir sollten uns unbedingt und ungeschminkt vor Augen führen, dass das Körper-Ich nicht lernfähig ist – und NIE sein wird.

Wenn wir überleben wollen, müssen wir in unserem Denken UMKEHREN und uns dem Schutz des Weiblichen zuwenden; ihm die Aufmerksamkeit schenken, die ihm gebührt. Die Herzensbildung muss die erste Geige spielen, wollen wir noch ein Weilchen auf diesem Planeten spazieren gehen.

Zerstörung gegen Aufbau. Tod gegen Leben. Gewalt gegen Frieden. Machtmissbrauch gegen Liebe. Und es MÜSSEN die Frauen sein, die jetzt den Weg weisen. Dabei geht es bei diesem „müssen" nicht um das Ausschalten des freien Willens, sondern darum, dass der freie Wille <u>für</u> das Leben und <u>auch</u> das Überleben eingesetzt wird. Die Zeit der Gemeinsamkeit beider Persönlichkeitsanteile beginnt – JETZT!

Ich verstehe, was du meinst. Und ich stimme dir zu – die Welt ist in einem katastrophalen Zustand. Und was soll ich jetzt ganz konkret tun?

Ich meine TUN?

Was kann ich als einzelne Frau bewirken?

Ich, als dein Geistiges-Ich, als deine Seele, weiß, dass es nur eine einzige Macht gibt: die Liebe.

Besinne dich auf deine Fähigkeiten als Frau. Erkenne dich selbst. Nimm deine Rolle als Frau an. Definiere dich selbst! Erschaffe dir deine Rolle, anstatt weiter die Rolle zu spielen, die dir dein Körper-Ich, der >>Gott-des-Geldes<< aufgezwungen hat. Kündige dem einseitigen Intellekt des Mannes die blinde Gefolgschaft. Nutze stattdessen deinen eigenen Intellekt und setze ihn FÜR das Leben ein. FÜR das Wohl der Menschen ein. FÜR eine Zukunft, die andere Resultate bringt als bisher. FÜR das Miteinander.

Aber dann kriegen die Männer noch mehr Angst vor den Frauen!

Nein. Im Gegensatz zum Körper-Ich, das über keinerlei Macht verfügt, ist das Geistige-Ich die Macht. Lass das die Männer erleben, erfahren! Setze den Wunsch nach Gemeinsamkeit in Handlung um – mit deinem Herzen. Dann können die Männer erkennen, dass es funktioniert – sofern sie mitspielen!

Außerdem... Frauen haben einen biologischen Vorteil gegenüber Männern. Sie haben von Geburt an mehr Verbindungen zwischen linker und rechter Gehirnhälfte. Bei ihnen funktioniert der Informationsaustausch zwischen männlichen und weiblichen Persönlichkeitsanteilen, das MITeinander von Verstand und Gefühl, weitaus besser. Dadurch wirken sie weicher, sanfter und geduldiger.

Ich sage dir: die Macht der Männer basiert auf der Geduld der Frauen.

Die Macht, die Männer haben, ist auf die körperliche Kraft und den Intellekt begrenzt. Und genau die, sollen für den Schutz des weiblichen Persönlichkeitsanteils, für ihre Fürsorge, für ihre Fähigkeiten eingesetzt werden.

Männer brauchen „nur" zu begreifen und zu akzeptieren, dass ihre Macht von ihrer Wertschätzung der Macht der

Frauen, als Vertreterinnen des weiblichen Prinzips, <u>abhängt</u>. Genauso wie es bei der Arterhaltung vorgegeben ist.

Wieso ist das so? Warum wertschätzen sie uns nicht?

Wie ich schon sagte: wer gesteht sich freiwillig ein, dass er keine Macht hat? Wer kann die Gefühle von Ohnmacht, Hilflosigkeit und Abhängigkeit ertragen?
Außerdem… wertschätzen sich die Frauen selbst?
Sind sie sich ihres Wertes <u>wirklich</u> bewusst?
Nehmen sie ihre Macht bejahend an?

Mann, oh Mann! Das ist ja ein absoluter Hammer!

Ja, deshalb fürchten sich Männer vor Frauen. Aber in Wirklichkeit fürchten sie sich vor ihrem eigenen weiblichen Persönlichkeitsanteil.
Alles, was im außen sichtbar ist, hat ihren <u>URSPRUNG</u> im innen – das kann ich nicht oft genug wiederholen.

Wenn ich das alles so richtig verstanden habe, ist das Körper-Ich nur während des irdischen Lebens von Bedeutung, während das Geistige-Ich, die Seele, unsterblich ist.

So ist es. Das Körper-Ich, das Ego, hat am Ende des Lebens seine Aufgabe erfüllt. Wir alle wissen, dass der Körper hier gelassen wird. Er stirbt. Wird verbuddelt oder verbrannt. Das Geistige-Ich, die Seele, das sich mit der Geburt mit dem Körper-Ich verbunden hat, kehrt zurück ins geistige Reich – die Menschen nennen es Himmel. Nur – der Himmel ist kein Ort, sondern ein geistiger Zustand. Ja, der Himmel ist inwendig in uns.

Was für ein Drama!
Und das alles nur, damit die Seele erfährt wer-sie-ist?
Dafür das ganze Drama?

Hör auf, zu lachen!

Entschuldige, bitte. Das Ganze ist nur deshalb ein Drama, weil die Menschen noch immer nicht die Kompetenzen der beiden Ichs begriffen haben. Würden sie die Aufgaben des Körper-Ichs und des Geistigen-Ichs akzeptieren, gäbe es kein Drama. Die Konflikte, die wir auf Erden austragen – auf dem Rücken von Mutter Natur – ist in Wirklichkeit ein Konflikt zwischen den beiden Ichs, der ausschließlich vom Körper-Ich angezettelt wird. Dazu benutzt er den Intellekt – oder besser – missbraucht ihn. Die weltumspannende Dominanz des Intellekts, der sich stets auf „Sachlichkeit" beruft, ist ein

Heuchler, ein Scharlatan, ein Lügner und Blender. Er ist der geistige „Gegenspieler", damit wir uns für unsere Seele überhaupt willentlich entscheiden, sie erkennen und erfahren können.

Das heißt – weil die Körper-Ichs, repräsentiert von Männern, sich weigern, dem Geistigen-Ich, repräsentiert von Frauen, zu dienen, zerstören sie sie? Wie blöd kann man denn sein?

Ja, meine Liebe, das scheint so zu sein. Dennoch handelt es sich um einen einfachen Fehler, der ganz leicht korrigiert werden könnte.

Jetzt bin ich aber neugierig.

Wieso? Das habe ich doch gerade erklärt! Das Geistige-Ich weiß um seine Unsterblichkeit. Es weiß, dass das Erdenleben nur eine ganz begrenzte Zeitspanne bedeutet. Es weiß, dass es danach wieder in die Ewigkeit, nach Hause zurückkehrt. Wozu also aufregen? Wozu ein Drama?

Was ist ein Erdenleben angesichts der Ewigkeit?

Die Seele weiß, dass der einfache Fehler darin besteht, dass das Körper-Ich seine Aufgabe missverstanden hat. Das Körper-Ich, dem der Intellekt zugeordnet wird, wird irrtümlicherweise Macht zugesprochen. Doch die hat es nicht.

Schau mal hin, welche Bedeutung dem Intellekt von den Menschen gegeben wird? Ihr ganzes Leben haben die derzeitigen Menschen diesem winzigen Teil ihrer Persönlichkeit gewidmet, statt sich um die Teile zu kümmern, die das Leben erst lebenswert machen.

Sie vergöttern den Intellekt, obwohl er nur ein jämmerlicher Abklatsch von dem ist, was die Menschen <u>wirklich</u> sind. In der Bibel wird er Teufel, Satan und der große Verführer, der Antichrist genannt.

UND... der Mensch hat einen Verstand, mit dem er den Auswüchsen des Egos Einhalt gebieten kann. Er braucht nur von seinem freien Willen Gebrauch zu machen und eine andere Ich-Wahl zu treffen. Verstand ist nicht gleich Intellekt.

Aber... wir brauchen doch den Intellekt. Wie sollen wir sonst verstehen, wie alles funktioniert?

Der Verstand, einschließlich Intellekt, ist ein Instrument, das der Lebensfreude <u>dienen</u> soll. Stattdessen haben wir Menschen unsere Lebensfreude dem Intellekt <u>untergeordnet</u>, auf seinem Altar als Opfergabe ihm in den Rachen geworfen. Ein Altar, den wir selbst mit unserem Körper-Ich errichtet haben – und zwar im Kollektiv.

Das ist der kleine Fehler, von dem ich rede. Und... verwechsle nicht Intellekt mit Verstand.

Ach du Schei....

Und jetzt? Wie kriegen wird diesen Karren wieder aus dem Dreck?

Indem sich jede Einzelne überlegt, inwieweit sie selbst sich diesem „Gott des Intellekts" weiterhin unterwirft. Wer seinen Intellekt die zweite Geige in seinem Inneren spielen lässt, würde dem Kollektiven Unterbewusstsein einen wichtigen Eckpfeiler des derzeitigen Denksystems entziehen. Wer gleichzeitig seinem Geistigen-Ich die erste Geige überlässt, zuhört und seinen Empfehlungen folgt, stärkt das Kollektive Bewusstsein auf der anderen Seite gleichermaßen.

Wie kann ich das? Wie kann ich mich dem Gott des Intellekts entziehen? Überall um mich herum herrscht er. Wenn ich mir das Leben anschaue, beginnt dieser Gott bereits im Kindergarten herumzuturnen. In der Schule fängt er mit seinem Terror an und hört erst auf, wenn ich aus dem aktiven Arbeitsleben scheide. Wie also soll ich das anstellen? Kann sich überhaupt irgendjemand diesem weltumspannenden System *wirklich* entziehen?

Nein, du kannst dich dem System nicht entziehen. Das sollst du auch nicht. Du kannst dich aber den Forderungen, den Erwartungen entziehen, indem du den Intellekt als das ansiehst und handhabst, als was er gedacht war: als <u>*Instrument*</u> *in den Händen deines Geistes-Ichs,* <u>*deiner*</u> *Seele.*

Nach dem Motto: Revolution von innen?
Gang durch die Instanzen? Das ist doch überholt!

Oh, nein. Nicht <u>*R*</u>*evolution im außen, sondern* <u>*E*</u>*volution im innen. Wie schon der Name sagt. Re-Evolution ist ein rückwärts gerichteter Weg, der dafür sorgt, dass alles beim Alten bleibt, keine Entwicklung stattfindet, die Menschheit weiterhin auf der Stelle stehen bleibt – wie seit 5.000 Jahren. JETZT geht es aber um Weiterentwicklung, um einen* <u>*neuen*</u> *Weg. Bei einer Revolution geht es nur darum, die Macht von einer Gruppe von Körper-Ichs auf eine anderen zu verlagern. Am Ende sind viele Menschen tot, aber die Machtverhältnisse haben sich nicht geändert. Der Weg der Revolution ist der Weg der Gewalt. Der Weg der Evolution ist der Weg des Friedens. Denke nur an die Ziele der 68er Bewegung.*

Hippies, Drogen, Musik und das Beschwören der Liebe?
Dass ich nicht lache!

Sag besser – Loslassen von überholten Konventionen und Denkmustern, Bewusstseinserweiterung, wenn auch auf dem Irrweg mittels Drogen. Musik ist ein Sammelbecken der

Emotionalität einer ganzen Epoche. Und die Liebe wurde nicht beschworen, sondern in Handlung umgesetzt – wenn auch nur holperig, missverständlich oder in einer missverstandenen Freiheit. Aber… die 68er hat mit vielen alten Zöpfen abgeschlossen. Sie hat ein Umdenken zum Ausdruck gebracht, das in der Menschheitsgeschichte Spuren hinterlassen hat. Und genau um diese Art der Evolution geht es: der FREIWILLIGEN Weiterentwicklung, der einzig wirksamen Evolution. Die 68er Bewegung war der erste, gewaltige, weibliche Schritt der Weiterentwicklung.

Und was ist daraus geworden? Übersiehst du das?

Es ist das daraus geworden, was die Menschen zugelassen haben. Die Generation dieser Bewegung hat sich im Laufe der Zeit angepasst. ABER nie wieder wie vorher, wenn auch ein großes Stück. Und das hat die Holzköpfe wieder stark gemacht. Sie sahen die Chance, daraus Profit zu ziehen. Sie versprachen alles Mögliche. Und was davon setzten sie um?

Ja, was?

Nach außen hin… alles! Sie versprachen alles, aber nur mit Worten – wie das bei Heuchelei üblich ist. In der Realität jedoch zogen sie sich mehr und mehr zurück. Sie tauchten in die Anonymität ab, versteckten sich hinter Institutionen, anonymen Konzernen oder – und das sind die Schlimmsten – flüchteten in die Politik, die sie abschirmte. Abschirmte vor der Realität. Welcher Bürger, welche Bürgerin kann heute seinen oder ihre/n Abgeordnete/n überhaupt noch erreichen? Jeder Versuch einer Kontaktaufnahme, um ein Anliegen vorzutragen, wird mit einem standardisierten Brief der Schwammigkeit, der Ungreifbarkeit beantwortet. In seiner Aussage ist er wie Gelee, wie Wackelpudding, den du greifen möchtest, der aber wegflutscht. Im Prinzip interessieren sich die meisten Parlamentarier einen Dreck für das, was BürgerInnen bewegt.

Du sprichst mir aus der Seele!

Ja, das bin ich ja auch.

Nee – ich meine, genauso sieht es heute aus. Diejenigen, die an den Schalthebeln der Macht sitzen, die Parlamentarier, sind für das einfache Volk unerreichbar. Sie leben zwar vom Volk, indem sie sich an den Steuereinnahmen bedienen, aber sie schätzen es nicht wert. Sie glauben, sie seien was Besseres, Sie glauben tatsächlich, dass die Bürger so bescheuert sind, und ihnen immer noch ihre Versprechen abnehmen, von denen sie keines, aber auch gar keins einhalten.

Und das macht dich ärgerlich?

Viel mehr als das! Ich fühle mich belogen und betrogen. Für dumm verkauft. Und dabei spielt es überhaupt keine Rolle, wen oder welche Partei ich wähle. Die sind doch alle vom selben Schlag. Es bleibt am Ende alles beim Alten!

Ja, so wie dir geht es sehr vielen. Aber niemand macht Anstalten, daran etwas zu ändern. Und nur deshalb funktioniert es weiter. Wenn das Volk, von dem Parlamentarier leben, nichts unternimmt, warum sollte dann etwas geändert werden?

Was also soll deiner Meinung nach das Volk tun?

Also, wenn du mich fragst, dann würde ich etwas tun, was andere bereits als funktionstüchtig bewiesen haben. Mach dir das System zunutze! Wenn es innerhalb des Ego-Systems, einer Scheinwelt, funktioniert, warum nicht ausprobieren, ob es auch im wirklichen Leben funktioniert? Ich würde eine Lobby gründen.

Eine Lobby?

Ja, eine Frauen-Lobby.

Das funktioniert nicht. Wir haben schon so viele Einrichtungen – Frauenhäuser, Terre des Femmes, Gleichstellungsbeauftragte, Frauenquoten-Forderungen. Das hat alles nichts genutzt.

Ich spreche ja auch nicht von einer weiteren Einrichtung, sondern von einer echten Lobby. Eine Lobby vertritt eine Gruppe von Bürgern oder Interessensgemeinschaften, die für die Parteien – und damit für Parlamentarier – wichtig sind. Man könnte auch eine Frauen-Partei gründen. Die wäre derzeit allerdings nicht ganz so erfolgreich wie eine Lobby. Eine Lobby vereint alle Einrichtungen und Angebote unter einem einzigen Dach. Sie gibt sich eine Aufgabe, in der sich alle bisherigen Einrichtungen versammeln, ein Programm, das alle Anliegen berücksichtigt. Bündelt die Splittergruppen! Bündelt die Energien!

Und wie soll das funktionieren?

Lass uns dazu gemeinsam ansehen, wie das derzeit gültige Denksystem im Leben der Menschen funktioniert und wie es seine Interessen durchsetzt. Dann finden wir Ansatzpunkte, wo und wie die neue Realität eingeführt werden kann.

Das Grundprinzip des Intellekts, um seine Vormacht-stellung zu behalten, ist ganz simpel: nachdem die Menschheit *sesshaft wurde, bildeten sich immer größere Siedlungen. Das bedeutete – bei den Auseinandersetzungen ging es im Verlauf der Entwicklung nicht mehr <u>ein</u> Bauer gegen <u>einen</u> anderen Bauern, sondern eine <u>Gruppe</u> von Siedlern gegen eine andere <u>Gruppe</u> von Siedlern. Dazu brauchte man jemanden, der in der jeweiligen Gruppe das Sagen hatte – einen Sprecher für eine <u>ganze</u> Gruppe. Die sich bildenden Clans (Arterhaltungs-Resultat) ernannten einen Clan-Führer, der ihre Interessen vertreten sollte. Schließlich musste die Feldarbeit weitergehen. Das Vieh brauchte ebenfalls Versorgung. Von den Familienmitgliedern ganz zu schweigen.*

Es entstanden Hierarchien. Der Clan- oder Stammesführer erhielt von den Mitgliedern sozusagen eine Vollmacht, die Interessen der Gruppe zu vertreten – gegenüber anderen Stammesführern. Und wenn die beiden sich nicht einigen konnten – von wegen Besitzansprüchen – kam es zu gewalttätigen Auseinandersetzungen, Konflikten, die im Laufe der Geschichte zu Kriegen heranwuchsen.

Sind wir uns soweit einig?

Absolut! Und was hat das mit Heute zu tun?
Mit meiner Situation? Mit der Frauen-Lobby?

Kriegerische Auseinandersetzungen hatten für den Sieger stets Folgen: Fremdes Land wurde besetzt (in Besitz genommen), die gegnerischen Clanmitglieder „bestraft" durch Mord oder Sklaverei, deren Frauen ebenfalls in Besitz genommen (vergewaltigt) und die Kinder geraubt, zwecks Einverleiben in den eigenen Clan.

Diese Entwicklung kannst du bis zum 1. Weltkrieg nahtlos verfolgen, als die europäischen Staaten ihre besetzten Kolonien verloren. Und dann kam Hitler an die Macht. Er machte das Gleiche. Und er ging offen gegen den „Clan der Juden" vor, die er für alles Übel schuldig sprach.

Im Laufe der Entwicklung dieses Denkmusters war der wichtigste Faktor, das Volk hinter sich zu bringen. Mittlerweile war klar, dass nur mit Gleichgesinnten ein Kampf zu führen war, mit dem der Sieg erreichbar zu sein versprach.

Irgendwie musste man das Volk also ebenfalls in den Kampf-Modus bringen. Und das gilt bis HEUTE!

Um zu kämpfen, braucht man einen Feind, gegen den man kämpfen kann. Ohne Feind – kein Kampf!

Das leuchtet ein.

Und was ist, wenn kein Feind vorhanden ist?

Dann muss man sich einen backen.

Genau!

Und dann kommt der „Übertrick" des Intellekts, um seine Dominanz zu wahren. Zeig mit dem Finger auf jemanden oder eine Gruppe – den es für seinen Unmut, seine Lebenserfahrung, irgendeine Misere schuldig sprechen kann. Und schon ist der Kampf eröffnet.

Wie kann ich ein Volk in einem ständig alarmierten Zustand halten, so dass es – auf Knopfdruck – in den Kampf-Modus einsteigt?

Das weiß ich nicht. Keine Ahnung.

Und außerdem… warum sollte das erforderlich sein?

Ist es nicht viel schöner, OHNE Kampf, also im Frieden zu leben?

Frag dich einfach: wem ist das dienlich?

Wer hat etwas davon, ein Volk ständig im schlummernden Kampf-Modus gefangen zu halten? Und dann auch noch so, dass das Volk es nicht merkt, gar nicht mitkriegt?

Mann! Du stellst Fragen! So langsam werde ich ungeduldig. Was soll dieses ganze, philosophische Gebrabbel? Was bringt das? He! ICH BRAUCHE HILFE!!!

Sag deinem Körper-Ich, es soll den Mund halten. Es hat jetzt absolute Sendepause!

Ich frage noch einmal: wer profitiert davon, wenn ein ganzes Volk, Millionen von Menschen, im potenziellen Kampf-Modus gehalten wird?

Die, die von einem Kampf profitieren!

Und wer ist das?

Nur die Stammeshäuptlinge – die heutige Elite, vertreten von Politikern, Großkonzernen, Kirche und anderen Institutionen.

Die Devise: Halte das Volk in einem stetigen Mangel-Zustand. Halte sie auf der 10er Frequenz des ÜBERlebens. Gib ihnen nur so viel, wie sie zum Überleben brauchen. Und lass sie um alles weitere kämpfen. Verhindere, dass sie selbständig denken, gib ihnen viel Spielzeug, das sie um Fühlen hindert: Fernsehen, Fußball, Autos, Mode, Ideale, die sie nie erreichen. Gib ihnen jeden Tag Nachrichten, die sie in Unruhe versetzen. Berichte von Katastrophen, schrecklichen Unglücken und noch schrecklicheren Verbrechen.

Gib ihnen winzige Brotkrumen, die ihnen vorgaukeln, etwas geschafft zu haben – zu den Guten zu gehören. Klopfe ihnen dafür auf die Schulter und mache sie glauben, dass sie etwas Besonderes sind.

Und wer das dem Volk geschickt genug verkauft, braucht sich um das eigene Überleben keine Sorgen zu machen. Der reich gedeckte Tisch der selbsternannten Elite wird vom

Steuerzahler finanziert, der zuschauen darf, wie es sich die Stammesführer und ihre Verbündeten gut gehen lassen.

Und dann soll man keine Wut, keinen Ärger fühlen?

Deshalb kocht die Volksseele! Deshalb gewinnen die Extremparteien so sehr an Zulauf!

Gab es das nicht schon einmal?

1933?

Was haben wir daraus gelernt? Als Volk?

Offensichtlich nichts.

Scheiße!

He! Nicht ärgern! Nicht fluchen. Auch wenn diese Darstellung sich wie ein Feindbild anhören mag, so ist es die einzige Möglichkeit es als das zu erkennen, was es ist – OHNE zu verurteilen, OHNE mit dem Finger auf „die Schuldigen" zu zeigen.

Es gehören immer zwei zum Tango, meine Liebe.

So auch in diesem Fall.

Das, was uns als Demokratie verkauft wird, ist eine Fortsetzung der Machtausübung durch eine selbsternannte Elite wie seit Jahrhunderten – nur in einen Umhang verhüllt, die dem Volk suggerieren soll, dass ES die Macht hätte.

Verdammt nochmal!

Willst du mich endgültig demotivieren, weiterzuleben?

Im Gegenteil!

Ich will dich vom Gegenteil überzeugen. Wenn du mich nur mal ausredenlassen würdest.

Das dauert mir aber viel zu lange!

Geht es nicht ein bisschen schneller?

*Wenn du **wirklich** die gesamten Zusammenhänge verstehen willst, weshalb du hier und jetzt schwer verletzt auf dieser Wiese in der Waldlichtung liegst, kommst du an dem Weg, der dich dahin geführt hat, nicht vorbei.*

Ist ja schon gut.

So düster das von mir skizzierte Bild der heutigen Realität auch klingen mag, ohne die ungeschminkte Wahrheit kannst du keine nachhaltige Veränderung der Verhältnisse herbeiführen.

*Lass mich noch einen ganz wichtigen Punkt in der Strategie des Körper-Ichs betonen: die Zeit. Die Lebenszeit. Der **WEG**!*

Die Vertreter des Körper-Ichs, die maßgebende Elite, müssen alles in ihrer Macht stehende tun, um das Volk vom selbständigen Denken und Fühlen abzuhalten. Ihre Strategie hat sich bisher als sehr erfolgreich erwiesen.

Und sie würde weiterhin funktionieren, wenn Frauen ihr Rollenbild nicht geändert hätten. Das zeigt, wie sehr das System von „funktionierenden" Frauen abhängt.

Ich fasse ihre Strategie zusammen:

1. *Lass die Menschen ums Überleben kämpfen.*

2. *Erlaube es dem Volk unter gar keinen Umständen, zuviel Zeit zum Nachdenken und für das Fühlen zu haben.*

3. *Falls nötig, stelle immer höhere Ansprüche, kleide sie in Gesetze und verkaufe sie als „gut fürs Volk".*

4. *Blähe den bürokratischen Aufwand ständig auf. Beschäftige die Menschen mit dem Ausfüllen von Formularen. Schraube die Forderungen immer höher und nenne sie... Vorschriften.*

5. *Und... haben Institutionen und Vertreter des Körper-Ichs Forderungen, müssen diese innerhalb kürzester Zeit erfüllt werden. Hat ein Bürger Forderungen – bringe Begründungen, was er erst einmal zu tun hat, um die Rechtmäßigkeit seiner Forderung <u>nachzuweisen</u>. Ein sehr effektiver Weg, um Zeit zu gewinnen, den Bürger im Kampf-Modus zu halten. Das kommt ganz*

besonders in der Justiz zum Ausdruck. Juristische Verfahren dauern oft Jahrelang.

Das zermürbt!

6. *Nutze deine Machtposition, um das Denksystem jedem Kind von klein an aufs Auge zu drücken. Am Ende wird es genauso im Sinne der Obrigkeit funktionieren wie seine Eltern.*

So langsam bin ich derart entmutigt, dass ich kaum noch eine Möglichkeit sehe, diesem System zu begegnen, geschweige, daran etwas zu ändern.

Sag mal, hast du mir nicht zugehört? Wenn du die Strategie eines Gegenübers kennst, kannst du die Schwachstellen ausmachen, womit du eine Veränderung erreichst.

Rund 500 Jahre vor Christi Geburt schrieb der chinesische General Sun Tsu für seinen Kaiser eine wissenschaftliche und gleichzeitig philosophische Abhandlung über die Kunst der Kriegsführung. Der chinesische Klassiker ist also über 2500 Jahre alt und bis heute eine „Anleitung" für den gewaltfreien Umgang mit Konflikten und Entscheidungen. Der Titel lautet: Wahrhaft siegt, wer nicht kämpft.

Und genau das könnte heute von Frauen ganz praktisch angewendet werden, um eine nachhaltige Veränderung im System zu erreichen.

Jetzt machst du mich neugierig. Es gibt also Hoffnung? Hoffnung, dass wir doch nicht hilflos und ohnmächtig diesem Wahnsinn ausgeliefert sind?

Nicht nur das, meine Liebe. Es gibt mehr als Hoffnung. Wir Frauen haben die größte, stärkste und unbesiegbarste Verbündete, die jemand haben kann: Mutter Natur! Das Leben schlechthin!

Das hört sich alles ganz prima an.

Glaubst du wirklich, dass das funktionieren kann?

Ein System, das sich seit mehr als 20.000 Jahren im Geist der Menschen etabliert hat, an den die Menschheit seit unzähligen Generationen glaubt, kann doch nicht von einer einzigen Generation außer Kraft gesetzt werden.

Da stimme ich dir grundsätzlich zu. Aber es gibt heute ein paar absehbare Folgen des alten Systems, die das unbeschreibliche Szenarium der Apokalypse erkennen lassen: Klimawandel, Naturkatastrophen, Wassermangel, Erdbeben, Killer-Hurrikane und Zyklone, Schwinden der Ozonschicht. Die Liste füllt mehrere Seiten. Die ungezügelte Ausbeutung von Mutter Erde, repräsentiert von Frauen, zeigt Wirkungen, die sich bisher kaum jemand vorstellen konnte.

Besonders ein Thema bewegt die Gemüter: Die Flüchtlinge, die ihr Leben riskieren, um nach Europa zu gelangen.

Noch nie war der Zeitpunkt für einen <u>Sinneswandel</u> unserer Spezies so dringender! Und damit haben wir als Frauen bessere Argumente als die Vertreter der Körper-Ichs es je haben werden.

Bedenke! Frauen haben gelernt, ihren Verstand, ihren Intellekt zu gebrauchen. Sie haben es bisher „nur" versäumt, das zum Ausdruck zu bringen.

Und damit können wir sofort beginnen!

Wie? Zum Kuckuck nochmal… WIE?

Meine liebe Eva. Warum spielst du weiterhin die Unwissende?

Der von mir soeben zitierte Sun Tsu – Siege, OHNE zu kämpfen – sagt zum Beispiel: Das <u>Wissen</u> um das Problem ist der Schlüssel zur Lösung.

Jetzt weißt du, warum ich so sehr darauf bestanden habe, das gesamte Szenario zu beleuchten – von seinen Anfängen her. Weil nur das Wissen um die Anfänge eines Problems die Möglichkeit eröffnet, die wirklich wirksame Lösung zu finden.

Schaust du dir ein Problem mit Vernunft an – das heißt mit Kopf <u>und</u> Bauch – und nicht <u>nur</u> intellektuell oder <u>nur</u> emotional, findest du die Lösung. Es geht darum, das <u>Wesen</u>

des Problems zu erfassen. Die Ursache, nicht nur seine Wirkungen.

Jetzt, liebe Eva, geht es darum, einsichtig zu handeln, bevor die Katastrophe gänzlich über uns hereinbricht. Wir Frauen sind fähig, etwas zu tun, bevor es eintritt; wir ahnen etwas, bevor es aktiv wird; wir sehen etwas, bevor es auf der Weltenbühne sichtbar wird.

Wir haben die Fähigkeit, über unsere Gefühle an das Wissen der Seele zu gelangen, die dem Körper-Ich immer verwehrt bleiben wird. Das ist ein geistiges Naturgesetz.

Wir dürfen unsere Fähigkeiten nicht länger zurückhalten, sonst sind wir mitverantwortlich für das, was die Dominanz des Intellektes jetzt als sichtbares Resultat angerichtet hat. Die Zeit des geduldigen Schweigens ist vorbei. Jetzt gilt es, aktiv zu werden.

Und du meinst, der intellektuelle Wahnsinn könnte durch eine Frauen-Lobby gestoppt werden?

Ja!

Frauen können ihre Energien bündeln, an einem Strang ziehen. Ein gemeinsames Ziel aktiv verfolgen! OHNE zu kämpfen!

Nimm die Gewerkschaften als Beispiel. Die Mitglieder einer Frauen-Lobby könnten monatlich einen Beitrag leisten, mit dem die Anliegen und Problemlösungen der Frauen ans Licht der Öffentlichkeit gezerrt werden. Die Lobby wird aktiv. Sie vertritt Anliegen vor Gericht, im Petitions-Ausschuss und auf öffentlichen Plattformen, im Fernsehen, Interviews in der Presse usw.

Das alles muss koordiniert werden. Wo gibt es eine Frau, die eine solche Mammutaufgabe bewältigt? So eine muss man erst Mal finden. Ich könnte das nicht.

Wieso? In dieser Lobby finden sich alle möglichen Kapazitäten. Es gibt genügend Ärztinnen, Rechtsanwältinnen, Steuerberaterinnen und Finanzberaterinnen. Frauen sind heute in allen Berufen zu finden. Daran sollte es nicht scheitern. Die Leistungen solcher Fachfrauen kann durch die Beiträge finanziert werden. Glaub mir, eine solche Lobby würde garantiert nicht ignoriert. Wenn sich nur zehn Prozent der Frauen in einer solchen Lobby einschreiben, sind das mehr als vier Millionen Mitglieder. Würden diese Frauen monatlich einen Beitrag von nur einem einzigen Euro zahlen, wären das monatliche Einnahmen von vier Millionen Euro. Das ergäbe pro Jahr Gesamtbeitragszahlungen in Höhe von 48 Millionen Euro. Eine Lobby mit solch einer Kaufkraft könnte <u>kein</u> Parlament ignorieren. Bedenke: für das <u>bestehende</u> System bedeutet Kaufkraft gleich <u>Macht</u>!

Und wie soll das gehen? Wie kann man eine solche Lobby ins Leben rufen?

Suche dir Verbündete! Bilde eine Interessen-Gemeinschaft! Gründet gemeinsam einen e.V. Lasst euch von Expertinnen beraten. Wieviel Expertise schlummert in Frauen, die sich ihrer Familie widmen? Die ihren Beruf vorübergehend aufgegeben haben? Geht an die Öffentlichkeit! Wie viele Journalistinnen warten auf Anregungen dieser Art? Sucht Fernsehsender auf. Auch hier gibt es genügend Ansprechpartnerinnen, die euch helfen und unterstützen können.

Oh, Mann! Das hört sich wie eine Mobilmachung an.

Du triffst den Nagel auf den Kopf! Es IST eine Mobilmachung. Aber nicht im aggressiv-negativen Sinne, nicht um gegen jemand oder etwas zu kämpfen, sondern einzig und allein, um ernst genommen zu werden, gehört zu werden, die Interessen von Frauen in der Finanzpolitik, der Familienpolitik, der Bildungspolitik, im Justizministerium, in Kultusministerien, usw. usf. zu vertreten. Was Großkonzerne schon lange praktizieren, sollte für zehn Prozent der Frauen eine Lachpille sein.

Ist das nicht Volksverhetzung?

Wenn das Volksverhetzung ist, was ist dann Demokratie? Lobbyismus ist Teil der praktizierten Demokratie. Warum sollte das bisher ‚Übliche‘ auf einmal ‚Volksverhetzung‘ sein?

Na, das wäre aber ein Spektakel! Das würde die bisherige, gemütliche Ordnung ziemlich durcheinanderwirbeln.

Nee! Das würde die bisherige, gemütliche Ordnung auf den Kopf stellen. Die bisherigen Profiteure des derzeitigen Systems würden alles daransetzen, eine solche Lobby zu verhindern, lächerlich zu machen, zu verunglimpfen, sie als Lesben-Verein zu denunzieren oder den ‚Emanzen-Club‘ offen attackieren.

Das würde ich nicht aushalten!

Und genau darauf spekulieren die bestehenden Einrichtungen. Das entspricht schließlich <u>ihrem</u> Frauenbild. Es ist deshalb an den Frauen, jetzt Farbe zu bekennen – friedlich, sanft, lächelnd und… unnachgiebig.
Hey! Es ist <u>unser</u> Ziel, dass sich was ändert. Oder willst du, dass noch andere Frauen Vergewaltigern in die Hände fallen? Sollen noch mehr Frauen das erleben, was du heute erlebt hast?

Oh, Mann. Das habe ich völlig aus den Augen verloren!

Wie ist das möglich?

Keine Sorge, <u>ich</u> verliere nichts aus den Augen.

Ich weiß, dass ich mich wiederhole, doch ist es jetzt absolut notwendig, dass du ganz und gar erfasst, begreifst, durchschaust, worum es in deinem Leben und dem Leben an sich, jetzt geht.

Weißt Du, liebe Eva, das, was vielen Frauen in der heutigen Zeit widerfährt – die Gewalt – ist nur ein Ausdruck dessen, was im Inneren der Menschen abgeht. Sie üben Gewalt an sich selbst, an ihrem eigenen Geistigen-Ich, aus.

Viel zu viele Frauen sind in diesem männlichen Denkmuster noch immer verhaftet. Sie trauen sich nicht, ihre wahre Natur zu zeigen und zu leben. Deshalb gilt es, dass sich die Frauen um ein eigenes Selbstbild kümmern; dass sie ihr eigenes Denkmuster entwickeln. Gebt den Männern eine Alternative zu <u>ihren</u> Denkmustern. Viele Ansätze bei Frauen sind bereits erkennbar. Leider gelingt es vielen Frauen nicht, ohne negative Aggressivität ihre bisherigen Muster zu überwinden. Es klingt viel Wut und Rache durch diese Ansätze. Und das macht sie anfällig für Angriffe. Das ist ein Aufruf für Kämpfe, denen Frauen doch entrinnen wollen.

Kann ich aber trotzdem gut verstehen. Wir Frauen haben seit Jahrtausenden eine ungeheuerliche Menschenverachtung ertragen. In dieser Hinsicht bin ich wie ein Dampfkochtopf, bei dem der Deckel hochgehen will. Das würde eine Explosion geben, die alles um sich herum aus den Schuhen haut.

Das ist ja das Thema. Gefühlsenergien können auf Dauer nicht unterdrückt werden. Dann führen sie ein Eigenleben, das irgendwann außer Kontrolle gerät. Genau das muss verhindert werden. Und wenn nicht wir Frauen damit anfangen, diese Energien in produktive Bahnen zu lenken – wer dann?

Männer haben es nie gelernt. Frauen wurden in ihrer Eigenentwicklung massiv unterdrückt. Aber... die Welt brennt! Mutter Natur zeigt uns überdeutlich, dass die Energien JETZT derart aus dem Gleichgewicht geraten sind, dass die Folgen unsere ganze Spezies auslöschen, wenn wir jetzt nicht wach werden und etwas unternehmen.

Nun, das habe ich ja verstanden. Nur... fühle ich mich viel zu klein, um gegen die gewaltige Zerstörungsmacht anzutreten.

Du begegnest dem Erbe deiner Eltern, deinen von ihnen übernommenen Überzeugungen, die dich heute blockieren. Lass es mich folgendermaßen versuchen: Stell dir vor, du hast erwachsene Kinder. Die wiederum Kinder haben. In etwa fünfzig Jahren könnte es auf der Erde so unerträglich heiß und trocken sein, dass deine Enkelkinder nicht verantworten wollen, eigene Kinder in die Welt zu setzen. Wie soll die Zukunft der Menschheit dann aussehen?

Und das alles könntest du HEUTE verhindern. Auch die längste und beschwerlichste Reise beginnt mit dem ersten Schritt. Und den willst du nicht tun? Nur weil du deinen Überzeugungen von Kleinheit anhängst, die dir von Körper-Ich eingeimpft werden? Willst du unter allen Umständen an deiner dir aufoktroyierten Kleinheit und Wertlosigkeit festhalten? Willst du, dass die Katastrophe über deine Enkel und Urenkel hereinbricht, weil du zu schissig warst, etwas dagegen zu unternehmen, als es noch möglich war?

Dein Geistiges-Ich, deine Seele, kennt keine Angst. Angst ist <u>immer</u> ein Ausdruck des Körper-Ichs, des Egos.

Mir brummt der Schädel. Ich kann mich kaum noch konzentrieren.

Kann ich eine kurze Pause haben?

Na, klar! Nur darf sie nicht zu lange dauern. Denk daran, dass ich den zeitlosen Zustand für dich nicht ewig aufrecht halten kann.

Danke.

Kapitel 5

Das, was ich bis hierher aufgenommen habe, schwirrt in meinem Gemüt herum, wie eine Horde in Panik geratener Wespen. Meine Gedanken fliegen von einer Ecke in die andere. Meine Gefühle fahren auf einer Achterbahn kreuz und quer, rauf und runter, mal nach links, mal nach rechts. Kann das alles wahr sein? Warum sollte mir... aber, andererseits... sind das alles vielleicht doch nur Halluzinationen? Hirngespinste?

Was ist überhaupt noch real?

Liege ich auf dieser Waldlichtung? Im Sterben? Oder bilde ich mir das nur ein? Wie kann dann dieses Gespräch stattfinden?

Gibt es tatsächlich zwei verschiedenen Realitäten?

Das kann doch gar nicht sein!

Schön, dass du wieder da bist.

Ja, meine Liebe, auf der Erde hast du es scheinbar mit zwei verschiedenen Realitäten zu tun. Das ist natürlich unmöglich, denn wenn eine Realität der anderen widerspricht – was ist dann Realität überhaupt? Erkennst du, dass Realität nicht gleichzeitig ihr Gegenteil sein kann?

Das ist genau das, was mich so verwirrt. Wenn es zwei verschiedene Realitäten gibt, welche ist dann wirklich? Woran soll ich mich orientieren? Wie soll ich mich verhalten? Das entzieht mir jegliches Fundament, von dem aus ich mein Leben gestalten kann. Woran soll ich dann noch glauben? Was ist dann Realität *überhaupt*?

Ja, meine Liebe, was ist Realität? Das Gegenteil von Realität ist Irrealität – also etwas, das sich jemand ausdenkt; Fantasie, Träumerei, Fiktion, Einbildung, Erfindung oder Illusion.

Du erfährst in diesem Augenblick, dass es außer dem, was im irdischen Leben mit Realität bezeichnet wird, noch einen anderen Zustand gibt, der sich dem Körper-Ich als Erfahrung entzieht.

Moment mal! Das würde ja bedeuten, dass es für den Menschen tatsächlich zwei verschiedene Realitäten gibt!

Jetzt erkennst du, dass das ausschließlich davon abhängt, welche ‚Brille‘ du in konkreten Situationen wählst. Du kannst die ‚Brille‘ des Körper-Ichs aufsetzen – und du erfährst die Realität, die dir vertraut erscheint. Wählst du die ‚Brille‘ des Geistigen-Ichs, die ‚Brille‘ der Seele, siehst du eine „andere" Realität. Es hängt von deiner Wahl der ‚Brille‘ ab, welche Realität du sehen __willst__. Wie ich dir schon erklärt habe – du wählst IMMER die Brille des Reiseleiters, den du __wählst__.

138

Aber… aber… das würde bedeuten, dass ich… nee, ne? Das ist unmöglich!

Ja, das scheint unmöglich zu sein. Und nun frage dich… für wen scheint das unmöglich zu sein? Für das Körper-Ich oder für das Seelen-Ich?

Aber… aber… ich hatte doch gar keine Ahnung, dass es noch ein anderes Ich gibt, als das, was ich bisher in meinem Leben als Ich gelebt habe! Woher sollte ich das wissen? Das hat mir niemand erzählt. Und mir ist auch noch niemand begegnet, der das weiß.

Das ist das Traurige. Dieses Wissen ist bereits seit Tausenden von Jahren bekannt, es wurde jedoch derart vom Intellekt verfälscht, dass es fast verloren ging.

Wie meinst du das? Wovon redest du?

Ich rede von Jesus von Nazareth, der später zu Jesus Christus wurde.

Fängst du schon wieder an? Ich habe dir doch klipp und klar gesagt, dass ich mit den Clowns in Rom nix zu tun haben will. Diese verlogene Altherren-Clique, die Wasser predigen und

Fässerweise Wein saufen; sich an Kindern vergreifen und Frauen nur Menschenverachtung entgegenbringen? Die hauptsächlich Frauen zu Tausenden gefoltert und auf dem Scheiterhaufen verbrannt haben? Nee! Damit brauchst du mir nicht mehr zu kommen. Mit denen bin ich fertig. Ein für alle Mal! Basta!

Ja, das Bodenpersonal lebt in einer irdischen Realität, die mit der geistigen Welt nicht mehr viel verbindet. Bedenke… es sind Menschen, die die Körper-Ich Realität gewählt haben.

Umso schlimmer!

Wer das tut, der sollte nicht vorgeben, den heißen Draht zu einem männlichen Schöpfer zu haben. Und dann auch noch behaupten, dass sie das „Wort Gottes" kennen. Alles Humbug! Alles nur beinhart gelogen!

Was verärgert dich derart?

Das fragst du noch? Sie gaukeln ihren ‚Schäfchen' vor, sie würden ihnen das Heil bringen, zu Gott führen, auf den Pfad der Tugend leiten. Und was tun sie? Sie ziehen die Menschen, die nach einem Weg aus dem Elend der Welt suchen, über den Tisch, plündern sie aus und machen sich ein schönes Leben – auf Erden! Heuchler! Hochstapler! Betrüger! Pädophile!

Wundert dich das?

Ich habe nicht das geringste Verständnis für solch ein schamloses Getue!

Das bringt dich aber ziemlich in Rage, was?

Da kannst du einen drauf lassen! Die meinen allen Ernstes, dass es reicht, farbenprächtige Klamotten anzuziehen, ein paar hohle Rituale in feierlichem Stil vorzuführen und einige Sprüche zu klopfen, aus einem dicken Wälzer die eine oder andere Passage zu zitieren, die sie dann auch noch ihren Schäfchen, die sie offenkundig für denkunfähig halten, interpretieren zu müssen – und Schwups! – klingelt's im Kasten. Hör bloß auf! Ich lass mich nicht mehr für blöd verkaufen.

Hmm. Was hältst du davon, diese Szene, die du gerade mit so vielen Emotionen beschrieben hast, mit deiner Seelen-Brille zu betrachten?

Du bist doch dafür zuständig. *Du* bist doch mein Seelen-Ich, oder?

Einverstanden. Dann höre mir gut zu und entscheide dich anschließend, welche Betrachtungsweise dir besser gefällt, welche Brille du <u>dann</u> wählst.

Geh in deiner Vorstellung mal zweitausend Jahre zurück. Stell dir vor, du lebtest zu jener Zeit auf der Erde. Kein Telefon, kein Computer, keine Autos, kein Mr. Google, keine Mediziner, keine Medikamente, kein Handy, keine Schulen. Du könntest weder lesen noch schreiben. Das einzige, das du als Ausdruck von Macht je kennengelernt hast, ist Gewalt. Die Obrigkeit – Militär und Klerus – diktiert dir, was du zu tun hast, was du zu unterlassen hast, was du zu denken hast, was du zu glauben hast, was du zu fühlen hast.

Freiheit gibt es nur für die Vertreter dieser Obrigkeiten. DAS ist das allgemeine Recht. In diese Gesellschaft-Ordnung wirst du hineingeboren. Du kennst es nicht anders.

Frauen verfügen nicht über die körperlichen Anforderungen, die beim Militär die erste Geige spielen – also sind sie dafür ungeeignet. Unfähig!

Weil sie andauernd Kinder kriegen (nix Pille, nix Kondome), sind sie auch für den Klerus unbedeutend, denn wie sollen sie verlässliche Gottesdienste abhalten können? Außerdem können sie ja ohnehin nicht denken.

Wieder der Stempel: Unfähig!

UND – wer bekocht die Obrigkeit? Wer bestellt die Äcker, damit was Vernünftiges auf den Tisch kommt? Wozu sind

Frauen überhaupt da? Nur um starke Krieger oder dem Klerus geweihte Jungs zu gebären, die damit sowohl für den Klerus als auch für das Militär die nötigen Nachfolger stellen. Also – die Aufteilung der Tätigkeitsbereiche war klar. Frauen sind nur dazu gemacht, für männlichen Nachwuchs zu sorgen!

Na, klar! Frauen als Gebärmaschinen – für kräftige Krieger oder für den „denkenden", elitären Klerus.

Sowohl die körperliche wie die geistige Macht war also ausschließlich in den Händen von Männern, die – wie bereits erkannt – beide das Körper-Ich repräsentieren.

Ha!
Wie kann das Körper-Ich *geistige* Zusammenhänge erfassen und repräsentieren?

Eben – gar nicht! Der Katholizismus wie auch der Islam sind Überbleibsel aus einer Zeit, in der – bitte hör gut zu! – die Erkenntnisse der heutigen Psychologie, Hirnforschung und Epigenetik noch nicht vorhanden waren. Das gleiche gilt für die Politik, die damals durch das Militär vertreten wurde. Sowohl Kirche als auch Staat waren in den Händen von lauter Körper-Ichs.

Und das sind sie auch heute noch!

So sieht es aus. Und aus diesem Grund hat sich an den <u>Grundzügen</u> der Welt-Ordnung seit 20.000 Jahren nicht allzuviel geändert. Die Menschheit ist immer noch eine ziemlich primitive Spezies.

Ach, du grüne Neune!
Warum? Warum hat sich daran nichts geändert?

Wie sollte es?
Wer hat das System je in Frage gestellt?
Noch immer gilt das Motto: wir, die elitäre Obrigkeit, hier – ihr, das gemeine Volk, da.
Wer das System in Frage stellt – ist der Feind! Und der wird bekämpft.
Das ist der Grund, warum es seit so vielen Jahrtausenden Kriege gibt. Warum die letzten Kriege Millionen Menschenleben gekostet haben.
Die Machthaber lassen immer <u>andere</u> Körper-Ichs über die Klinge springen, um die eigene Haut zu retten. Körper-Ichs geht es ausschließlich ums <u>Überleben</u> – allerdings ausschließlich für die, die nicht selbst auf das Schlachtfeld gehen.

Die Verknüpfung von Macht und Körper-Ichs ergibt immer Kriege. Erst wenn Macht mit Seelen-Ichs verknüpft wird, entsteht Frieden.

Macht in den Händen des Körper-Ichs bedeutet: Krieg und Tod.

Macht on den Händen des Seelen-Ichs bedeutet: Frieden und Leben.

Boah! Da bleibt mir die Spucke weg!

Das ist unser globales Erbe, das heute – im Zeitalter der weltumspannenden Information und Kommunikation – für jeden sichtbar wird. Wir erleben hautnah mit, was in Nordkorea abgeht, was in der Türkei passiert und welchen Weg der Präsident der USA einschlägt. Dazu ein Brexit, der das Konstrukt Demokratie aushebeln könnte, für das Millionen von Menschen ihr Leben ließen.

Wir erfahren, was mit jungen Frauen in Indien passiert, durch welche Hölle sie jeden Tag aufs Neue gehen – ohne jeglichen Schutz. Sie werden wie Freiwild gejagt, missbraucht und bestialisch ermordet – selbst in öffentlichen Bussen. Die Polizei, der Rat der Dorfältesten beteiligen sich oftmals sogar an diesen Verbrechen.

Oder nimm Afrika. Alle Welt weiß, dass die Verstümmelung der Genitalien junger Mädchen und Frauen in verschiedenen

Stämmen gang und gäbe ist. Und wo bleibt der weltweite Aufschrei? Was wird dagegen unternommen?

Himmelherrgott! Wozu haben wir die UNO?

Ja, der Schrei nach außen. Sollen die anderen sich darum kümmern. Wozu sind sie da? Der zahnlose Tiger UNO kann gar nichts tun! Schließlich ist er „nur" eine Vertreter-Versammlung der nationalen Regierungen – die wiederum von Körper-Ichs beherrscht werden.

Verdammt noch mal! Da muss doch jetzt was passieren! Die können doch nicht weiterhin auf ihren fetten Hintern sitzenbleiben, von weltweit gesammelten Steuergeldern leben und zuschauen, wie Frauen immer noch missbraucht und abgeschlachtet werden!

Oh! Aber es passiert ja etwas. Sogar etwas ganz Gravieren- des. Erinnere dich… es gibt ein kollektives Bewusstsein und ein kollektives Unterbewusstsein. Es ist ein globales Sammelbecken aller Denkmuster und kann auch als Weltenseele bezeichnet werden. Und in diesem Sammelbecken brodelt es ganz gewaltig.

Es ist kein Zufall, dass mehr und mehr „Schweinereien" von prominenten Größen, Regierungen und Großkonzernen bekannt werden. Ob Manipulationen an Dieselmotoren, Korruptionsskandale oder Steuerflucht – kaum eine Körper-Ich-Mogelei bleibt verborgen. Die Weltenseele hat die Nase gestrichen voll! Die Gier der Körper-Ichs nach Macht kennt keine Grenzen. Und niemand stoppt dieses System.

Mutter Erde, als Sinnbild für die Weltenseele, fängt an, aufzumucken. Überschwemmungen, extreme Dürren, Tsunamis, Super-Hurrikane, in die Luft fliegende Atomkraftwerke – alles unübersehbare Resultate von ahnungslosen Körper-Ichs, die, gedankenlos und als Ausdruck ihres Größenwahns, mit Kräften herumspielen, mit denen sie die Spezies Mensch letztlich ausrotten, wenn sie nicht gestoppt werden

Mann, das ist ja der Wahnsinn!

Damit bringst du es auf den Punkt. Was im Augenblick auf Erden abgeht, ist der blanke Wahnsinn. Das passiert immer dann, wenn Macht, ohne die dazugehörige Verantwortung, unkontrolliert ausgelebt wird. Und das geht schon seit Jahrtausenden so.

Wie kann das gestoppt werden?
Was müssen wir TUN?
Reicht da eine simple Frauen-Lobby?

Lass mich dir eine Gegenfrage stellen. Wer auf Erden übernimmt für den gegenwärtigen Zustand die Verantwortung? Schau… wie oft kommt aus dem Mund von Politikern, Vorstandsvorsitzenden oder Kirchenoberhäuptern „dafür übernehme ich die volle Verantwortung"? Hört sich gut an, oder?

Aber… was ist überhaupt >Verantwortung<? Was verstehen solche Menschen darunter? In der Körper-Ich Realität ist der Begriff eine leere Hülse, ein hohles Wort – ohne Inhalt, Sinn und Verstand. Er wird missbraucht und verliert seine Bedeutung.

Die Seele sagt dir: verANTWORTung heißt: Antworten geben, wie es zu einer Situation kommen konnte. Was getan wurde, dass es zu Manipulationen an Dieselmotoren kommen konnte – und warum. Wie war es möglich, dass ein Atomkraftwerk in die Luft fliegen konnte? Was muss getan werden, um das in Zukunft zu verhindern? Weshalb ist Korruption, Bestechung und Amtsmissbrauch überhaupt möglich? Die jeweilige <u>Motivation</u> der Handelnden bzw. Nicht-Handelnden muss sichtbar werden. Dann, und nur DANN kann eine Korrektur vorgenommen werden, die dazu führt, dass sich derartiges NICHT wiederholt. Man nennt es auch, aus gemachten Fehlern LERNEN!

Der Machtanspruch des menschliche Körper-Ichs ist bisher nie hinterfragt worden. Nie wurde es von irgendjemandem in seinem Wahnsinn gestoppt. Keiner fühlt sich dafür verantwortlich.

Aber ich sage dir – wenn sich jetzt nicht mehr und mehr Menschen lauthals zu Wort melden und diesem wahnsinnigen Treiben ein Ende bereiten, verschwindet die Spezies Mensch vom Planeten. Mutter Erde kann ohne Menschen auskommen – die Menschen aber nicht ohne Mutter Erde.

Das tun ja schon viele. Die Umweltschützer, die me-too-Bewegung, viele Frauen-Einrichtungen – all das kann doch nicht übersehen werden.

Ja, Eva, das lässt hoffen. Doch noch werden diese Bewegungen von den Körper-Ichs nicht ernst genommen. Sie werden zur Kenntnis genommen, belächelt oder ignoriert – so nach dem Motto: das gibt sich wieder. Brauchen wir nicht ernst zu nehmen.

Deshalb ist es so wichtig, eine starke Gemeinschaft ins Leben zu rufen. Eine, die <u>nicht</u> mehr ignoriert oder lächerlich gemacht werden kann. Eine Gemeinschaft, die eine andere, eine <u>neue</u> Realität verkündet. UND in sichtbare Handlung umsetzt.

Das ist ja wirklich Klasse!
Also wieder… Frauen-Lobby.

Und das erzählst du *mir*, die ich auf einer Wiese im Sterben liege? Meinst du nicht, dass das ziemlich lächerlich ist?

Ja, das erzähle ich ausgerechnet dir aus genau diesem Grund! Du erfährst gerade, dass es diese andere Realität tatsächlich gibt! Wer sollte sie also besser propagieren und in Handlung umsetzen können als du? Du weißt es und kannst dein Wissen weitergeben. Du hast sie erfahren und kannst deshalb authentisch vermitteln, worum es in der neuen Realität geht.

Und wenn ich das täte, müsste ich mich diesen Körper-Ichs rumschlagen, die nichts anderes im Sinn haben, als mich lächerlich zu machen? Nein, Danke!

Siehst du? Genau das hätte dieser Jesus auch tun können. Aber er hat stattdessen gesagt: wenn nicht ich, wer dann?

Zu seiner Zeit stand er vor dem gleichen Problem wie du heute. Er bekam mit, in welcher „Weltordnung" er gelandet war. Er erkannte, genau wie du jetzt, dass es eine <u>andere</u> Realität gibt. Und genau die verkündete er. Dabei musste er sich der Sprache bedienen, die die damaligen Menschen verstanden. Das Wissen der heutigen Psychologie, Hirnfoschung oder wissenschaftlichen Studien kannte niemand. Er nutzte das Sprach-Repertoire der einfachen

Leute. Wie hätte er sonst verstanden werden können? Er ging auf die Bedürfnisse seiner Mitmenschen ein. Das war natürlich nicht im Sinne von Klerus oder Militär. Er untergrub die „Autorität" der Obrigkeiten.

Klar wusste Jesus, dass er sich damit besonders den Klerus zum Feind machte. Schließlich beanspruchte allein der Klerus „Herrscher über das <u>geistige</u> Reich" zu sein.

Genau wie du, prangerte Jesus das Gehabe des Klerus an. Er warnte die Menschen davor, „ihre Gläubigkeit demonstrativ zur Schau zu stellen".

Deshalb empfahl er, lieber das „stille Kämmerlein" aufzusuchen.

Deshalb meinte er, dass das „Himmelreich inwendig ist" und nicht im außen zu finden ist. Er wusste, dass der Himmel kein Ort, sondern ein geistiger Zustand ist. Deshalb sprach Jesus von den Schriftgelehrten und Pharisäern, die nur die Besserwisserei des Körper-Ichs verkündeten.

Besonders seine Aussage „der Mensch lebt nicht vom Brot allein" verstieß gegen alle weltlichen Spielregeln, aufgestellt vom Körper-Ich.

Und wie jeder Rebell, der sich gegen die ‚Weltordnung des Körper-Ichs' auflehnte, geriet er mit deren Vertreter in den Clinch.

Ja, und genau das erspar ich mir lieber. Meinst du, ich will genauso ans Kreuz genagelt oder sonst wie mundtot gemacht werden?

Wieso lachst du jetzt?

Mundtot? Man hat Christi Körper, den <u>*Boten*</u> *der neuen Realität mundtot machen können – aber nicht seine* <u>*Botschaft*</u>*. Mittlerweile hat er Millionen, ja Milliarden Fans auf der ganzen Welt. Bei Facebook wäre er heute der absolute Spitzenreiter.*

Von <u>*seinem*</u> *Image,* <u>*seiner*</u> *Botschaft lebt und profitiert die Kirche heute noch. Seine Botschaft ist nicht mehr aus der Weltenseele zu tilgen. Jetzt gilt es, sie von den Verunreinigungen der Körper-Ichs über zweitausend Jahre abzustauben, reinzuwaschen, zu polieren und auf Hochglanz zu bringen. Körper-Ichs missbrauchen alles und jeden, um sich wichtig zu machen, sich aufzublähen – und Profit für sich daraus zu schlagen.*

So wie du das Leben und Wirken dieses Mannes beschreibst, habe ich es noch nie gehört, geschweige denn gesehen.

Kein Körper-Ich hat Interesse daran, dass Jesu Botschaft wirklich verstanden und begriffen wird. Im Gegenteil! Jede Kirche verfolgt ausschließlich das Ziel, als EINZIGE, *rechtmäßige Institution für die Interpretation der Botschaft irgendeines Propheten anerkannt zu werden. Und das lassen sie sich von ihren Gläubigen in <u>jedem</u> Gottesdienst bestätigen – als Bekenntnis.*

Jesus wollte keine neue Religion gründen, die die Fehler der vorherigen wiederholt und sich als bevorzugte Alleinerben der geistigen Gesetze und Spielregeln ausgibt. Er wollte ein UMDENKEN, als er verkündete „kehret um". Er hat in den Menschen keine Marionetten oder Erfüllungsgehilfen der Körper-Ich-Obrigkeiten gesehen, sondern Brüder und Schwestern, die über die gleichen Fähigkeiten verfügen, wie er selbst.

Er wusste ganz genau, dass Religion und Spiritualität nicht unter einen Hut zu bringen sind. Wer die Verbindung zu seiner Seele hat – wozu braucht dieser Mensch noch einen Zwischenhändler zu seinem Schöpfer?

Wow! Du wetterst aber auch nicht schlecht gegen die Kirchenvertreter.

Du irrst, meine Liebe. Ich wettere nicht, denn ich habe keine negativen Emotionen, wenn ich dir meine Sichtweise anbiete. Mit der Seelen-Brille kannst du erkennen, was im Leben von Menschen funktioniert und was nicht. Du kannst die Folgen von Irrtümern sehen und fühlen. Und dann hast du nur einen einzigen Wunsch: Fehler zu korrigieren, damit andere Folgen, andere Resultate zum Tragen kommen und sichtbar werden.

Ich, Eva Creutz, als die Schwester von Jesus?
Ich glaub, ich spinne!

Ja, Eva, fang an zu spinnen! Ja, sieh dich als Jesu Schwester! Folge ihm nach! Spinne dich in die neue Realität! Nur das Körper-Ich flüstert dir ein, dass du spinnst, wenn du die neue Realität propagierst.

Bedenke: Jesus wurde nur deshalb für die damalige Ordnung gefährlich, weil sich ihm immer mehr Menschen anschlossen. Schon damals war klar, dass man einem solchen Rebellen nicht erlauben kann, eine Gruppe von Gleichgesinnten hinter sich zu bringen.

Einen Einzelnen kann man sehr gut isolieren und fertig machen. Mit einer Gruppe – vielleicht sogar einer mehrheitlich relevanten – wird es weitaus schwieriger und… für das Establishment wirklich gefährlich.

Heute sieht wenigstens in diesem Punkt die Welt ein bisschen anders aus. Es gibt in Deutschland ein Grundgesetz, dass es jedem Menschen erlaubt, eine Gruppe zu gründen. Ob eine Partei, einen Sportverein, eine religiöse Vereinigung oder eine neue Gewerkschaft.

Solange du dich an die bestehenden, weltlichen Gesetze hältst, ist dir das per Grundgesetz erlaubt. Nichts und niemand kann dir verbieten oder dich daran hindern, eine Dachorganisation zu gründen, die die Interessen der Frauen vertritt. Niemand kann dich daran hindern, in den Statuten dieser Organisation die Seelen-Brille zwecks Erschaffung einer neuer Realität aufzusetzen. Das heißt – sich das bestehende System für eine Veränderung zunutze zu machen.

Da werden aber die Vertreter der Körper-Ichs Gift und Galle spucken.

Ihnen geht es ja damit ans Leder!

Außerdem… ist das nicht der Weg zurück zum Matriarchat?

Nicht, wenn glasklar ist, dass diese Organisation nicht <u>gegen</u> das Körper-Ich agiert, sondern – im Gegenteil – die Körper-Ichs im Programm integriert werden. Es geht um Gemeinsamkeiten, um ein <u>echtes Miteinander</u> – im Gegensatz zur jeder Art von Ausgrenzung.

In der neuen Welt der Frauen, soll keine Unterdrückung von irgendwem oder irgendwas stattfinden. Es soll ein wahrhaftiges Miteinander gelebt werden.

Das wird nicht funktionieren!

Das wird höchstens als eine Einladung zum Missbrauch verstanden. Wie viele Körper-Ichs werden versuchen, so zu tun, als ob sie das Miteinander wollen. Aber in Wirklichkeit wollen sie diese Organisation nur von innen vergiften.

Wie soll sich die neue Organisation davor schützen?

Kannst du mir das erklären?

Eva!.... Das weißt du doch! Dafür gibt es die Gefühle. Du weißt, die lügen nie! Deine Gefühle sagen dir immer, ob jemand lügt oder die Wahrheit sagt. Wir alle wissen das. Wir alle fühlen es. Wir haben nur noch nicht gelernt, diesen Gefühlen zu vertrauen. Wenn Körper-Ichs mit Gefühlen konfrontiert werden – was nur durch andere passieren kann, denn sie selbst verleugnen sie ja in sich – verlangen sie Beweise. Du sollst <u>ihnen</u> die Begründung für <u>deine</u> Gefühle liefern und <u>sie</u> überzeugen. Ein Unterfangen, das nie gelingen wird. Wer sagt denn, dass ich irgendjemanden von meinen Gefühlen überzeugen muss? Klar tun die meisten Frauen so, als ob sie dazu verpflichtet wären – darauf wurden sie Jahrtausende trainiert. Außerdem möchte jede Frau ihren Partner im gemeinsamen Boot haben.

Doch wer Beweise für die Gefühle einer Frau haben will, eine Begründung dafür, sitzt schon nicht zusammen mit <u>ihr</u> in einem Boot.

Gefühle sind nun einmal nicht unter das Mikroskop zu kriegen und können keinen klinisch nachprüfbaren Beweis liefern. Trotzdem sind sie nicht zu verleugnen – egal wie sachlich sich jemand zu geben bemüht.

DIESES neue Selbstverständnis ist der beste Schutz, der Frauen zur Verfügung steht.

Wetten, dass das Frust und Ärger bei den Körper-Ichs auslöst? Dann können die Frauen lächelnd um einen nachprüfbaren Beweis dieser Emotionen bitten.

Na, das wäre aber ziemlich unfair.

Wieso? Gibt es eine bessere Methode, jemandem ganz friedlich lächelnd, einen Spiegel vorzuhalten? Weder ärgerlich noch wütend, weder rachsüchtig noch negativ-aggressiv. DAS wäre die neue Realität. Der weibliche Weg kommt ohne Angriff und ohne Abwehr aus – allerdings nicht ohne positiv-aggressiv zu sein. Schau dir an, mit welch positiv-aggressiver Wucht im Frühjahr Mutter Natur vorgeht? Ohne diese positiv-aggressive Energie gäbe es kein Wachstum, keine Blütenpracht und keine Ernte.

Hmm. Und das soll funktionieren?

Hast du eine bessere Idee?

Eigentlich nicht.

Und un-eigentlich?

Betreibst du jetzt auch noch Haarspalterei?
Was soll das bringen?

Ja, so sieht es das Körper-Ich, weil es keine Ahnung davon hat, wie wichtig die Sprache ist. Es hat keinen blassen Schimmer, dass Sprache Realität <u>erschafft</u>. Frauen wissen das intuitiv. Babys kennen keine verbale Sprache und dennoch erkennt die Mutter, wenn ihrem Kind etwas fehlt, wenn es sich nicht wohlfühlt. Die Körpersprache, die Domäne der Gefühle, lügt nicht. Jeder Versuch, sie bewusst einzusetzen, misslingt.

Die verbale Sprache ist dennoch ein Instrument, das ganze Welten vor den Augen entstehen lassen kann. Das kennen wir alle, wenn uns als Kind ein Märchen vorgelesen wird oder wir heute einen spannenden Krimi lesen. Denk an Hörbücher und ihre Popularität.

Das Körper-Ich weiß nichts von diesen Zusammenhängen – also greift es zum Begriff >Haarspalterei<. Alles, was es nicht versteht, was seinen sehr begrenzten Horizont übersteigt, muss von ihm herabgewürdigt werden. Es könnte schließlich eine unbekannte Gefahr von Dingen ausgehen, die seine Existenz bedrohen.

Weißt du was? Ich habe den Eindruck, je mehr Informationen ich von dir bekomme, desto verwirrter werde ich. Ehrlich gesagt – ich blicke kaum noch durch.

Es gibt eine Möglichkeit, dem abzuhelfen. Fasse doch einfach zusammen, was du bis jetzt verstanden hast. Dann schauen wir, was du nicht verstehst, was du vielleicht noch näher erklärt haben willst und was du vielleicht überhört hast. Was meinst du?

Okay. Ich versuche es.

Also… Ich liege auf einer Wiese im Sterben. Plötzlich tauchst du auf und erzählst mir, dass ich die Wahl habe zu sterben oder zu leben. Du sagst, dass ich mir eine Aufgabe für dieses Leben gestellt, diese aber noch nicht erfüllt hätte. Dann redest du von der Macht der Frau. Und dann… dann erinnere ich mich, was… mir… passiert ist und dass ich auf der Wiese in der Waldlichtung liege – ohne jedes Körpergefühl.

Ja... und dann… Ich weiß nicht mehr, was dann kam. Warte… Ja! Dann ging es darum, dass ich die Welt verändern soll.

Oh, Mann!

Und dann ging es ums Kämpfen. Und darum, dass man durchs Kämpfen nichts erreicht. Und dass man zum Kämpfen einen Gegner braucht.

Und dann… ja, dann ging es um Überzeugungen und wie man an Überzeugungen kommt. Ach! Was war zuerst da – die Überzeugung oder die Erfahrung.

Mann, war das kompliziert!

Immer wieder habe ich gedacht, ich wäre durchgeknallt, total verrückt.

Ja, dann ging es um die Sexualität.

Benjamin!

Benny und seine Seitensprünge.

Zweierlei Maß!

Gewalt als Problemlösung.

Und dass Männer nie gelernt haben, mit Gefühlen umzugehen.

Hmm.

Jetzt weiß ich nicht mehr weiter.

Kannst du mir helfen?

Ja, sicher.

Schweigen.

Hallo? Bist du noch da?

Aber sicher.

Kannst du mir bitte helfen?

Ja, das sagte ich doch schon.

Und warum tust du es dann nicht?

Du hast mich gefragt, ob ich dir helfen __kann__. Und das habe ich bejaht.

Dass ich es __tun__ soll – davon war nicht die Rede.

Wenn du möchtest, dass ich dir helfe, dann sag es. Sprich aus, was du möchtest, dass ich tue.

Ich verstehe.
Bitte hilf mir.

Okay. Gern. Wobei?

Ich weiß nicht mehr weiter. Meine Erinnerung lässt mich im Stich.

Weißt du noch, was danach kam – nach dem >dass Männer nie gelernt haben, mit Gefühlen umzugehen<. Sagst du es mir?

Es ging danach darum, dass ein Mangel an Mitgefühl auch eine Gewalttat ist. Dass der Mangel an Mitgefühl eine Form der Gewalt ist – im Mantel der Selbstgerechtigkeit.

Ja, jetzt weiß ich weiter. Danke für deine Hilfe.

Du hast gesagt, dass alles, was uns im Leben begegnet, eine Reflektion unserer inneren Einstellung ist und dass ich deshalb diese schlimme Erfahrung gemacht habe. Du hast mir klar gemacht, dass unsere Überzeugungen unser Leben bestimmen.

In diesem Zusammenhang hast du mir von den zwei verschiedenen Frequenzen erzählt. Von wegen 10er Frequenz des Körper-Ichs und 1.000er Frequenz des Seelen-Ichs.

Du hast mich an meine Gefühle herangeführt und dann konnte ich dich sogar sehen. Zwar nicht mit den körperlichen Augen, aber vor den inneren.

Dann – und das ist mir besonders haften geblieben – kam deine Beschreibung, dass sich Männer den Frauen unterlegen fühlen, sich fürchten.

Erst als du mir erläutert hast, dass Frauen das Weibliche in jedem Menschen verkörpern, habe ich begriffen, dass sich Männer ihren *Gefühlen* unterlegen fühlen und sich deshalb heftigst dagegen wehren, sie unterdrücken und sogar verleugnen.

Ist das alles richtig?

Zweifelst du?

Oh, ja.

Ignoriere deine Zweifel. Sie sind bedeutungslos. Du hast dich an das erinnert, was für dich wichtig ist. Alles andere ist tatsächlich bedeutungslos.

Woher weiß ich das?

Welches Ich will das jetzt wissen?

Oh!

Ja, oh! Das Körper-Ich will wieder einmal Sicherheit – denn nur es <u>*kann*</u> *zweifeln. Das Seelen-Ich kennt solche Zweifel nicht. Es gibt kein >richtig< und kein >falsch<, wenn es um Erinnerungen geht. Du kannst darauf vertrauen, dass du dich, wenn du dich an etwas Wichtiges* <u>*nicht*</u> *erinnerst, es dir erneut im Leben begegnen wird. Meist schmerzhaft! Und dann* <u>*wirst*</u> *du dich in Zukunft daran erinnern.*

Geht es nicht anders? Warum muss das mit Schmerz verbunden sein?

Das muss es nicht. Aber es gibt nichts Besseres als Emotionales Lernen. Ist ein Sachverhalt mit Emotionen verknüpft, geht er unmittelbar, auf direktem Weg, ohne Umwege und am Körper-Ich vorbei, direkt ins

Langzeitgedächtnis. Deshalb bleiben sehr freudige und sehr schmerzhafte oder traurige Erlebnisse für immer im Gedächtnis und sind jederzeit abrufbar.

Okay! Und jetzt mach weiter mit deiner Zusammenfassung.

Moment – ich war bei den Gefühlen, vor denen sich Männer fürchten.

Dabei ging es ums Überleben – nicht um das Leben.

Als du von Goethe und den zwei Seelen in der Brust sprachst, hast du mir zum ersten Mal von zwei Reisewegen erzählt, von zwei Ichs. Du hast mir klar gemacht, dass ich selbst entscheide, welchen Weg ich im Leben wähle, dass ich zwei Reiseführer habe, die mich auf ganz unterschiedliche Lebenswege begleiten. Und je nachdem, welchen Reiseführer ich wähle, mache ich unterschiedliche Erfahrungen.

Du hast mich wissen lassen, dass das Schicksal der Welt jetzt davon abhängt, dass sich die weibliche Realität durchsetzt. Ich habe wirklich verstanden, dass es in anderen Ländern den Frauen noch viel schlimmer ergeht als mir.

Dass Frauen den Schutz des Körper-Ichs brauchen. Dass Mutter Natur uns derzeit vor Augen führt, dass die weiblichen und männlichen Kräfte aus dem Gleichgewicht sind und wir Frauen initiativ werden müssen, damit die sich abzeichnende Katastrophe noch verhindert wird.

Ansonsten fliegen wir als Spezies vom Planeten.

Der nächste Schritt war das Bild von einer Frauen-Lobby, die jetzt dringend vonnöten wird, damit die Splitter-Gruppen, die es bereits gibt, ihre Energien bündeln.

Zum Schluss ging es um Jesus und seine Botschaft, die auch heute noch gültig ist, aber kaum noch verstanden wird, weil die Kirche sie aus eigenen Interessen verfälscht hat.

Die Macht der Sprache als Instrument, das man nicht bewusst genug einsetzen kann, bildete den Schlusspunkt.

Uff!

Herzlichen Glückwunsch, meine Liebe. Das war ausgezeichnet.

Meinst du das ehrlich?

Zweifelst du schon wieder? Und unterstellst du mir, dass ich gelogen haben könnte?

Zweifel und Misstrauen sind die Mittel, die das Körper-Ich verwendet, um dein Seelen-Ich zu erschüttern, zu verunsichern. Das Körper-Ich kennt nur ein einziges Ziel: Sicherheit!

Körperliche Sicherheit ist das Einzige, wofür es zuständig ist. Und in diesem Bereich ist es autark, hat es keinen Verbündeten. Jeder kann ihm – aus seiner Sicht – gefährlich werden.

Das Körper-Ich, das auf Erden auch gerne Ego genannt wird, MUSS zweifeln und jedem, der ihm begegnet, Unehrlichkeit unterstellen. Nur dann, so behauptet es, kann es dich schützen, vor Schaden bewahren.

Ja! Genau das ist es!

Frage dich jetzt: <u>Wovor</u> es dich schützen muss? Wer würde dir Schaden zufügen <u>wollen</u>? Wer <u>könnte</u> dir überhaupt Schaden zufügen?

Ehrlich gesagt – keine Ahnung!

Ja, bei solchen Fragen muss es kapitulieren. Als Körper-Ich kann es dich nur vor <u>körperlichem</u> Schaden bewahren, oder?

Nur… wer bedroht dich körperlich? Hat sich die Zahl der Säbelzahntiger erhöht? Oder hat sich ein Rudel Dinosaurier in deiner unmittelbaren Umgebung niedergelassen? Oder droht ein fremder Clan, dir die Kinder zu rauben?

Blödsinn!
Körperlicher Schaden kann mir nur entstehen, wenn ich mich ins Auto setze, 2,8 Promille im Blut habe oder ein anderer besoffener Autofahrer, der mich dann an der Kreuzung platt

fährt. Oder ich gehe bei Rot über die Ampel, schaue nicht nach links oder rechts und ignoriere den 40-Tonner, der nicht mehr rechtzeitig bremsen kann.

Die Bedrohung liegt also in der Arroganz desjenigen, der die einfachen Spielregeln des Lebens ignoriert. Und das ist dem Seelen-Ich <u>unmöglich</u>. Das Seelen-Ich setzt sich NICHT mit 2,8 Promille ans Steuer, es spaziert NICHT über eine rote Ampel. Genauso würde das Seelen-Ich NIEMALS eine Problemlösung in der Anwendung von Gewalt suchen. Alkohol setzt den sonst so vergötterten Intellekt außer Kraft. Auch derjenige, der bei Rot über die Ampel rennt, muss seinen Intellekt übertönen. Was in einem Menschen ist fähig, den Intellekt außer Kraft zu setzen? Was meinst du?

Blödheit. Dummheit. Unvernunft. Größenwahn.

Das stimmt. Wo sitzen diese Eigenschaften?

Das kann ich dir beim besten Willen nicht sagen.

Wer redet? Welches Ich kommt hier zu Wort?

Wenn ich das, was du sagst, bis jetzt einigermaßen verstanden habe, dann kann es nur aus dem Körper-Ich kommen. Aber…

Aber das Körper-Ich ist doch dafür zuständig, dass mein Körper *überlebt*. Also kann das nicht sein. Dann würde ich mich *nicht* mit 2,8 Promille ans Steuer setzen.

Erinnerst du dich, dass ich sagte, die Motivation des Handelns ist wichtig, damit man aus gemachten Fehlern lernt?

Ja, natürlich!

Also kann die Frage nur lauten: Aus welchem Grund besäuft sich jemand, dass er 2,8 Promille im Blut hat? Aus welchem Grund rennt jemand bei Rot über die Straße und legt sich mit einem 40-Tonner an?

Mein Gott! Dann sind wir tatsächlich bei den Gefühlen!

Jemand muss Kummer haben, wenn er sich derart besäuft. Vielleicht aus Gewohnheit, um sein Leben zu ertragen.

Gedankenlosigkeit, hervorgerufen durch geistige Abwesenheit, lässt jemanden bei Rot über die Straße laufen.

Ja, Eva. Nur jemand der Kummer hat, besäuft sich derart. Er ertränkt seine Gefühle, will sie nicht wahrnehmen, will sich nicht mit ihnen beschäftigen, weil er glaubt, dass es keine befriedigende Lösung für sein Problem gibt.

Das Gleiche gilt für Drogenmissbrauch. Die Süchtigen wollen den realen Gefühlen entfliehen. Das Körper-Ich muss diesen Gefühlen unbedingt entkommen, will es seine Dominanz im Leben des Süchtigen behalten.

Du siehst, es geht dem Körper-Ich, dem Ego, um seine Dominanz-Stellung im Leben eines Menschen. Am Ende bringt es seinen Wirt um. Und das alles nur, um der Macht des Seelen-Ichs keinen Raum zu geben.

<u>Begreife</u>: der beobachtbare Kampf auf Erden ist nur der nach außen verlagerte Kampf, der im Inneren der Menschen stattfindet. Es geht um die Dominanz-Stellung des Egos im <u>Inneren</u> der Menschen. Es geht um die vollständige Abtrennung des Körper-Ichs, des Egos, von den Gefühlen des Seelen-Ichs. Es geht dem Winzling allein um...

Macht!

Weil <u>er</u> keine hat!

Die liegt <u>ausschließlich</u> in den Händen der Seele, dem Geistigen-Ich.

Oh, mein Gott!

Oh, mein Gott!

Ich fasse es nicht!

Bitte! Ich brauche noch einmal eine Pause.

Aber klar doch!

Kapitel 6

Jetzt begreife ich endlich! Gefühle sind der größte Feind des Körper-Ichs, des Egos. Ich habe ich immer geglaubt, dass das Leben ohne Gefühle viel einfacher wäre. Wie oft habe ich meine Gefühle verflucht! Sie waren mir im Weg bei dem, was ich mir vorgestellt und vorgenommen hatte.

Ich erlebte sie als Saboteure, die meine Pläne durchkreuzten.

Darum habe ich Benjamin so sehr verflucht. Er sollte <u>meinen</u> Vorstellungen entsprechen, <u>meine</u> Bedürfnisse befriedigen, <u>meine</u> Wünsche an die erste Stelle <u>seines</u> Lebens setzen.

Genau wie in meinem Beruf.

Meine Kolleginnen und Kollegen sollten sich <u>meinen</u> Vorstellungen unterwerfen. Mein Chef sollte <u>meinem</u> Bild, wie ein Chef zu sein hat, entsprechen. Meine Kunden sollten bloß nicht mit Sonderwünschen kommen, denn es hätte Mehrarbeit bedeutet, vielleicht sogar Überstunden. Und dafür wurde ich schließlich nicht bezahlt.

Ich war wütend, enttäuscht, frustriert.

Und diese Gefühle empfand ich auch noch als durchaus berechtigt!

Wenn der Frust zu groß war, habe ich mir samstagabends gern eine Flasche Rotwein ‚gegönnt‘. Der Frust schien dann erträglicher zu sein. Dabei hat der Alkohol nur die

Empfindungen betäubt, das wirkliche Denken verhindert. Es war einfach nur die Flucht vor der Wahrheit.

Der Wahrheit meiner Gefühle.

Ja, ich habe mich und meine Gefühle tatsächlich jahrelang vergewaltigt.

Und wie!

Ich sehe, du hast die Pause gut genutzt.

Bitte sag mir, was ich jetzt konkret ändern kann, ja ändern muss!

Als erstes, meine Liebe, streiche das Wort >muss< aus <u>deinem</u> Wortschatz. Für <u>IMMER</u>. Dieses Wort gehört ausschließlich zum Vokabular des Körper-Ichs.

Als Seelen-Ich musst du überhaupt nichts. Als Seelen-Ich weißt du, dass du einen vollkommen freien Willen hast, in den sich nicht einmal das Universum oder die höhere Instanz einmischt.

Mach dir als nächstes klar, dass du alles ändern <u>kannst</u>, wenn du es <u>willst</u>. Wenn du anerkennst, welche Spuren ein einzelner Mensch in der Weltenseele noch zweitausend Jahre nach seinem aktiven Leben hinterlassen hat, wer kann dann noch an der Macht des Seelen-Ichs zweifeln?

Aber ich bin nicht Jesus. Ich kann nicht übers Wasser gehen. Ich kann keine Toten auferwecken.

Wer sagt, dass du das nicht kannst?
Du kannst es nicht, weil du <u>glaubst</u>, dass du es nicht kannst.
… oh, ihr Kleingläubigen!
Außerdem… diese Fähigkeiten des Seelen-Ichs sind bereits demonstriert worden. Das Universum, die Weltenseele, braucht keine Wiederholungen. Es braucht Neues, noch nicht Dagewesenes. Nimm die Grundidee, die dieser Jesus uns hinterlassen hat. Die Grundidee: Glaub an dich! Trau dich! Vertraue deinen Eingebungen, deiner Intuition. Traue deinen Gefühlen! Sie sind der Wegweiser! Glaube!

Wie hat dieser Kerl das hingekriegt?

Wie wohl? Genau wie ich es dir ganz am Anfang gezeigt habe. Bring den inneren, plappernden Affen, das Körper-Ich, das Ego, zum Schweigen. Schenk ihm keine Aufmerksamkeit und lass dich in deine Gefühle sinken. Hör genau zu, was dir deine Seele sagen will. Erlerne die Sprache der Gefühle und stelle dich auf die Seelen-Frequenz ein. Mit ein wenig Übung, gelingt es dir sehr bald. Und je mehr du übst, desto mehr verstummt der Affe in dir. Von Zeit zu Zeit zog sich Jesus in die Einsamkeit zurück und meditierte, um in Kontakt zu seinem Seelen-Ich zu kommen.

Meditation ist hilfreich, aber kein Muss. Es geht auch anders. Dennoch – geistige Stille und Ruhe sind grundsätzlich notwendig, um den inneren Affen zum Schweigen zu bringen. Es erleichtert das neue Hören ungemein. Wenn du deine neue Realität erfahren willst, geht es in der Stille und Ruhe erheblich schneller als ohne.

Solltest du dich dem Seelen-Ich nicht freiwillig zuwenden, wird dich das Körper-Ich in die Bredouille bringen – so wie jetzt – hier auf der Wiese in der Waldlichtung.

Dann habe ich also keine wirkliche Alternative, das jetzt zu tun. Ist das *kein* MUSS?

Beileibe nicht. Du kannst auch von deinem Ableben Gebrauch machen. Dann fängt das Ganze eben von vorne an. Dann kommst du vielleicht als deine Urenkelin erneut zur Welt, die sich mit den Folgen deiner jetzigen Weigerung zu handeln, herumschlagen darf.

Was für eine grauenhafte Vorstellung.

Und du meinst, durch meine Zustimmung, jetzt den Mut zum Handeln aufzubringen, könnte ich das verhindern?

Das weiß ich nicht. Aber, wenn du <u>nicht</u> handelst, wird sich nichts verändern. Ob du erfolgreich bist, wirst du aber erst <u>erfahren</u>, wenn du es versucht hast. Wenn du <u>jetzt</u> den Mut zum Handeln aufbringst, brauchst du diese Erfahrung nicht noch einmal zu machen. Denn… es geht im Leben eines <u>jeden</u> Menschen darum, das Seelen-Ich zu entdecken, es mittels des freien Willens aus seinem Gefängnis der erzwungenen Stummheit, der gewählten Sprachlosigkeit zu befreien und seine Empfehlungen im Leben in Handlung umzusetzen.

Oh, Gott! Wie geht das?
Mein Gott, wie geht das?

Jetzt schreit das Körper-Ich!

Es will unbedingt wissen, wie das geht. Aber – das <u>kann</u> es nicht. Es reicht nicht an die Fähigkeiten der Seele heran. Es kann niemals die Rolle des Seelen-Ichs einnehmen.

Begreife, liebe Eva, es geht darum, dass du zu deinem Seelen-Ich tatsächlich auch >Ich< sagst UND meinst. Es geht um deine Identität! Es geht um den Wechsel deiner Identität vom Körper-Ich zum Seelen-Ich.

Das heißt… das heißt, dass ich zu dir ‚ich' sage?

Jetzt hast du es begriffen!

Genau darum geht es!

Wie sollen Männer diesen Teil von sich jemals als einen ‚Ich'-Anteil in ihre Persönlichkeit integrieren, wenn wir Frauen es nicht einmal tun? Wir, die Expertinnen des Innenlebens. Woher sollen <u>sie</u> den Mut nehmen, wenn <u>wir</u> ihn nicht aufbringen?

Aber ich kann doch meinen Verstand nicht ausknipsen. Dann würde ich denselben Fehler begehen wie Männer, die versuchen, ihr Seelen-Ich auszuknipsen.

Allein die Fragestellung zeigt, dass du deinen Verstand gebrauchst! Ja, es geht darum, <u>beide</u> Anteile miteinander zu versöhnen. Keiner ist dem anderen unter- oder überlegen. Es geht darum, dass nur beide Anteile <u>zusammen</u> agieren können, wenn etwas Vernünftiges dabei herauskommen soll. Das Seelen-Ich ist kreativ, problemlösungsorientiert und intuitiv. Doch Kreativität braucht eine Struktur, eine Ordnung, um sie nutzen zu können. Und das ist die Aufgabe des <u>Verstandes</u> – NICHT des Intellekts. Kreativität kann chaotisch erscheinen, auch wenn sie „nur" einer „anderen" Ordnung entspringt. Der Intellekt will alles in kleine, quadratische Schubladen stecken – aus Sicherheitsgründen.

Ich verstehe. Ohne Struktur ist Kreativität nicht nutzbar. Und ohne Kreativität gibt es nichts zu strukturieren. Habe ich das korrekt verstanden?

Ich hätte es nicht besser ausdrücken können.

So langsam dämmert es mir. Der Verstand überlässt dem Körper-Ich unkontrolliert die Oberhand und bewirkt deshalb ein zerstörerisches Handeln, weil das Seelen-Ich fehlt. Das Seelen-Ich kommt überhaupt nicht zum Zuge, weil das Körper-Ich dominieren will. Der Verstand ist die Stelle, die für das gemeinsame Wirken der beiden Persönlichkeitsanteile zu sorgen hat. Nur dann kann der Mensch seine Aufgabe erfüllen und Frieden erschaffen.

Wow!

Genauso ist es. So lange der Verstand die beiden ‚Ichs‘ nicht koordiniert und in Einklang bringt, solange wird das Körper-Ich versuchen, die Dominanz <u>über</u> das Seelen-Ich zu behalten. Bedenke: Verstand ist nicht gleich Intellekt. Der Intellekt ist nur ein kleiner <u>Teil</u> des Verstandes. Dem Intellekt fehlt die Vernunft. Nur der Verstand kann zwischen den beiden Ichs unterscheiden, er kann sie in ihren Eigenschaften erkennen – ohne sich einzumischen. Nur... ohne seine Koordination strebt das Körper-Ich stets die Dominanz an.

Was würde denn passieren, wenn diese Zusammenarbeit gelänge?

Als Vorreiter würden Frauen vorleben, bezeugen, demonstrieren, zu welchen Ergebnissen diese Zusammenarbeit führt. Sie würden in den Bereichen ihre neue Realität zunächst zum Ausdruck bringen, in denen sie hauptsächlich agieren: In Kindergärten, Grundschulen, in der Pflege – also in allen „typischen" Frauenberufen. Leben sie diese neue Realität in einer Beziehung, egal ob gleichgeschlechtlich oder hetero, ob mit oder ohne Trauschein, würden Harmonie und Frieden die Türen geöffnet. Die neue Realität erkennt, dass dem/der Partner/in mit Mitgefühl begegnet werden kann und Streitigkeiten gar nicht erst in Kämpfe ausarten. Zum Kampf gehören bekanntlich immer zwei. Kämpfen… will ausschließlich das Ego, das Körper-Ich.

Ja, stell dir vor, es ist Krieg und keiner geht hin.

So ist es – wandle diesen Ansatz um in:
Stell dir vor, es gibt die Einladung zum Kampf – und du verweigerst die Teilnahme.
Die neue Realität wird sehr anziehend wirken. Sie bietet genau das an, was Menschen wirklich wollen: Frieden!

Und vergiss nicht: Wird eine Frauen-Lobby ins Leben gerufen, die diese neue Realität massiv verbreitet und demonstriert, kann sich <u>niemand</u> dem Einfluss einer solchen Lobby entziehen, wenn mehr als die Hälfte der Bevölkerung sich darin wiederfindet und sich engagiert.

Das wäre eine Revolution des Friedens.

Sag lieber: Es wäre der erste <u>freiwillige</u> und der erste <u>bewusste</u> und <u>friedliche</u> Evolutionsschritt in der Menschheitsgeschichte.

Ja, ich werde diesen Schritt tun.

Laß mich dir noch etwas ganz wesentliches vermitteln, bevor du loslegst. Es geht um die Unterscheidung von Gefühlen. Darauf sollten sich Frauen zu <u>allererst</u> konzentrieren. Auch Frauen haben ein Körper-Ich, ein Ego. Seine Energien äußern sich in Emotionen, die auf keinen Fall mit echten Gefühlen verwechselt werden dürfen.

Ich dachte, das wäre dasselbe! Worin besteht der Unterschied?

Hast du schon einmal etwas von Emotionaler Qualität gehört?

Ja. Gehört schon. Aber ich weiß nicht was sie tatsächlich bedeutet.

Der Begriff Qualität bedeutet: Beschaffenheit. Um im Thema Emotionale Qualität zu bleiben: Wie fühlt sich das an, was ich gerade fühle? Fühlt es sich gut an? Oder erlebe ich das Gefühl als unangenehm?

Das ist der Maßstab für Emotionale Qualität.

Wut, Ärger, Frustration oder Angst sind Gefühle von niedriger Qualität. Fröhlichkeit, Gelassenheit, innere Ruhe, Freude und Zufriedenheit zählen zu den Gefühlen von hoher Qualität.

Die höchste Qualität von Gefühlen erleben wir in der Liebe; die niedrigste in der panischen Angst, die zum unkontrollierten Handeln, zur negativ-aggressiven Gewaltausübung führt.

Um die beiden Grundqualitäten, die viele Abstufungen kennt, voneinander zu unterscheiden, könnte man die Gefühle von niedriger Qualität einfach Emotionen nennen, die von hoher Qualität dann <u>echte</u> Gefühle. Es scheint vielleicht „nur" eine sprachliche Feinheit zu sein, aber sie ist unerlässlich bei der Unterscheidung.

Frauen sollten sich den echten Gefühlen widmen, die in der Regel „hinter" den Emotionen liegen. Das bedeutet: Emotionen des Körper-Ichs können die Gefühle des Seelen-Ichs nicht auslöschen, sondern nur in ihrem Ausdruck blockieren, sie verhindern.

ALLE Handlungen, die ein Mensch in seinem Leben ausführt, sind untrennbar mit Emotionen <u>oder</u> Gefühlen verknüpft.

Eine niedrige Emotionale Qualität entspringt IMMER dem Körper-Ich, wie jede hohe Emotionale Qualität IMMER dem Seelen-Ich zugeordnet werden kann.

Deshalb ist es von allergrößter Bedeutung nach der Handlungsmotivation eines Menschen Ausschau zu halten und zu erkennen. Dieser allererste Schritt – der praktisch geübt werden will – fällt Frauen viel leichter als Männern.

Das haut' mich glatt vom Stuhl – würde ich darauf sitzen.

Jetzt begreife ich! *Deshalb* werden wütende oder aggressiv geführte Forderungen von Frauen nicht ernst genommen. *Deshalb* können sie so prächtig wegdiskutiert werden. Sie liegen auf derselben 10er Frequenz wie die anderen Körper-Ichs!

Wow!

Ja, das ist der Pack-an, der Anker für sinnlose Kämpfe, weil sich Frauen damit auf ein <u>gegeneinander</u> einlassen. <u>Das</u>

gefundene Fressen für das Körper-Ich, das Ego. Sie begeben sich auf die Kampf-Ebene der 10er Frequenz.

Diese Frequenz führt NIE zum Ziel. Es findet ein sinnloses Ping-Pong-Spiel statt zwischen zwei Körper-Ichs, zwei Egos. Und damit hat das Ego sein „Machterhaltungsspiel" bereits gewonnen!

Ach du Schei...e! Wir haben tatsächlich geglaubt, wir müssten den Männern unsere Gleichberechtigung zeigen, sie ihnen beweisen – mittels unseres Intellektes! Dabei haben wir übersehen, dass wir uns damit auf <u>ihr</u> Territorium, <u>ihr</u> Machtspiel einlassen, statt uns auf <u>unsere</u> Stärken und <u>unser</u> Territorium zu verlassen.

Kein Wunder, dass das nicht funktioniert hat!

Gott sei's gelobt und gepfiffen! Du hast es geschnallt! Und was unternimmst du jetzt?

Was für eine Frage!

Ich werde mich jetzt auf mein Seelen-Ich einlassen und damit zu DIR *ich* sagen. Ich werde mich ab sofort und tagtäglich darin üben, deine Stimme in mir zu hören – das heißt, meiner *eigenen* Stimme zu folgen.

Und zwar JETZT!

Kapitel 7

Ich spüre etwas Nasses in meinem Gesicht. Kurz darauf höre ich jemanden rufen.

Komm her, Homer! Wo bist du? Komm zu Herrchen!

Nur Augenblicke später erkenne ich schemenhaft eine Gestalt. Sie bückt sich herunter zu mir und ich höre:

Oh, mein Gott! Hallo?
Hallo? Hören Sie mich?

Etwas berührt mein Gesicht und betastet meinen Hals.

Oh, mein Gott, flüstert die Gestalt erneut.

Sie nestelt an ihrer Jacke herum. Ich höre: Bitte, kommen Sie schnell. Hier liegt eine Frau, die ganz furchtbar blutet. Ja. Im Stadtwald. Auf der Wiese in der kleinen Lichtung. Ja, genau die. Und… beeilen Sie sich. Ja – unbedingt den Notarzt verständigen.

Ja, es sind ganz schlimme Verletzungen. Bitte schnell!

Mir schwinden die Sinne. Doch ich strenge mich an, bei Bewusstsein zu bleiben. Es gelingt mir nicht ganz. Wie durch eine dichte, graue Nebelwand sehe und höre ich nur gedämpft, verschleiert, was um mich herum passiert.

Kurz darauf vernehme ich – wie aus weiter Ferne – das Martinshorn. Und schon bald greifen kräftige Hände nach mir, die mich hochheben. Sie rollen mich zu einem rot-weißen Wagen, einem Rettungswagen. Die Türen fallen ins Schloss.

Endlich kann ich loslassen!

Eine Frauenstimme: Sie lebt noch, aber ihr Atem ist schwach, ihr Puls ist kaum noch zu fühlen.

Druckverband!, befiehlt eine andere Stimme.

Ich spüre, wie sich jemand an meinem Hals zu schaffen macht. Eine Maske wird mir über das Gesicht geschoben...
Ich höre: Losfahren! Schnell!

Ich weiß nicht, wie lange ich bewusstlos war.
Das nächste, das ich wahrnehme...

... Olaf!
Er hält meine Hand.
Ich spüre, dass mein Hals in einem großen, dicken Verband eingeschnürt ist. Genau wie mein Brustkorb. Mein Körper fühlt sich an, als wäre ein sehr, sehr langer Güterzug darüber hinweggerollt.

Oh, Liebling, schluchzt Olaf, was hat man dir angetan?!

Aber du lebst, Gott sei Dank!

Bleib bei mir! Bitte, verlass mich nicht!

Meine Augenlider flattern wie Motten, die verzweifelt um ein grelles Licht kreisen. Es fällt mir unendlich schwer, meinen Blick zu fokussieren. Für einen kurzen Augenblick sehe ich das Glitzern.

Tränen rollen über seine Wangen.

Er weint!

Ich bin so froh, dass er hier ist.

Hier an meiner Seite.

Ich kann zwar noch nicht sprechen, aber ich weiß,

jetzt wird alles gut.

Alles wird gut.

Eine Gestalt in Weiß, die ich nur in Umrissen ausmache, murmelt,

ob sie überlebt, wird sich in den nächsten zwölf Stunden zeigen. Sie hat Unmengen an Bluttransfusionen erhalten, aber wir können erst morgen früh sagen, ob sie über dem Berg ist.

Die Erschöpfung überwältigt mich.

Meine Augenlider sind schwer; viel zu schwer. Sie sind nicht bereit, sich zu öffnen.

Loslassen!, höre ich in mir.
Lass jetzt wirklich alles los.
Alles wird gut!

Ja, alles wird gut.
Ich <u>fühle</u> es.

Der tiefe, unergründliche Ozean, die Schwärze des Nichts haben jeglichen Schrecken verloren. Ich lasse mich voller Vertrauen hineinfallen, randvoll mit einem bisher ungekannten, tiefen inneren Frieden.

ENDE

Danke, dass Du dieses Buch gelesen hast.

Wenn Du Interesse an der Frauen-Lobby WOW (World-Of-Women) oder deren Gründung als e.V. hast, schick mir eine E-Mail unter –

wow.ev@gmx.de mit dem Betreff: >Bitte Infos zu WOW<
Ich freue mich über jede einzelne Nachricht, die mir zeigt, dass sich viele LeserInnen für das Thema interessieren und evtl. mitmachen wollen. Durch jede Mail fühle ich mich ermutigt, meine Vision in die Realität zu bringen.
Gern übersende ich Dir meine Konzept-Ideen und evtl. Fortschritte in der Umsetzung meiner Vision, die – wenn sich genügend Menschen dafür engagieren – schon bald das Fundament für die *neue* Realität sein wird.

Es hängt ganz von **DIR** ab.

Ganz herzliche Grüße

Die Tanzschule
Lisa Hansens 1. Fall

Wüstengesang
Lisa Hansens 2. Fall

Bruders Reise

Im Viehwaggon
Nach Auschwitz

Die Töchter der
Schwarzen Mamba

Polit-Thriller

Aus der Krimiserie: Jette Berger und…

Band 1 – die Tote am Geroweiher

Band 2 – das Skelett von Garzweiler II

Band 3 – der Schwebebahn-Mörder

Band 4 – die Tote „am Berg“

Band 5 – der Autobahn-Mörder

Band 6 – der mörderische Gourmet

Band 7 – der tote Pilot von Dorthausen

Band 8 – der Tatort: Wassenberg

In Vorbereitung:

Band 9 – die Leiche am Haus Katz

Band 10 – der Killer von Erkelenz

Außerdem...

Ein Jahr in Canada

Ein Sommer in Kapstadt

Das Leben ist ein Maskenball

Allein gelassen!